Printemps, Eté, Automne

Ou le Voyage de Gunther et Adélaïde

© 2016 Rose Lacroix | roselacroix27@outlook.com
Réalisé et mis en page par Christophe Carreras | www.christophecarreras.com
Édition : BoD™ - Books on Demand
12/14 rond-point des Champs Elysées, 75008 Paris, France.
Imprimé par BoD™ - Books on Demand GmbH, Norderstedt, Allemagne.
ISBN : 9782322077755 | Dépôt légal : septembre 2016

Rose Lacroix

Printemps, Eté, Automne

Ou le Voyage de Gunther et Adélaïde

Autoédité

PRÉFACE

Rose Lacroix suit l'aventure de l'atelier d'écriture depuis ses débuts. Elle est avec moi, la participante la plus ancienne, sans interruption. Et ce n'est pas rien de l'écrire.

Je me souviens encore de cette rentrée deux-mille-treize où je n'en menais pas large avec ce magnifique groupe d'écrivains qui venait, curieux, découvrir cet atelier. Rose était l'une d'elle et jusqu'en décembre, je me demandais si l'atelier lui convenait, si elle allait rester. Pas toujours à l'aise avec ses écrits, peu convaincue de leur intérêt, elle n'osait ni les lire ni les partager. J'étais inquiet, à la fois pour mon animation mais aussi pour son loisir. Car chacun venait avant tout pour se détendre.

Puis un jour de l'année suivante, vers février deux-mille-quatorze, elle m'a envoyé par mail son texte. Sa nouvelle. Wendy était née et je découvrais, surpris et ahuri, ce texte somptueux qui ne relatait pas l'auteur, Et depuis, Rose rit, sourit, se lâche, imagine des textes par dizaines, au-delà des travaux de l'atelier, elle a lancé le rituel de la nouvelle de fin d'année qu'elle offre à tous les participants, le cœur grand et l'humour exponentiel.

Elle a échangé avec moi bien plus que les textes prévus par

7

l'atelier. Elle m'offre toute son imagination en pièces-jointes. Elle accepte mes remarques, mes critiques, en vient même à lire mes écrits et me les annoter.

Rose est complète dans ses écrits. Elle mêle la romance et la réalité, elle marie l'humour et le drame, elle allie la description à l'action, elle impose un suspens que l'on ne soupçonne même pas mais qui nous met l'eau à la bouche tout le long du récit. Au point de devoir systématiquement lire sans interruption jusqu'au bout.

La richesse, tant qualitative que quantitative de son travail (en loisirs) m'a conduit à l'inviter à sortir un recueil de tous ses textes. Non. Non, elle ne voulait pas, elle ne les jugeait pas assez bons. Je ne l'ai pas forcée. Mais un soir d'atelier, elle m'a glissé qu'elle préparait un roman, un patchwork de certaines de ses nouvelles en une seule histoire. Belle aventure et beau défi.

Pari réussi. Vous avez entre les mains « Printemps, été, automne », le premier livre autoédité pour le grand public de Rose Lacroix. Le premier livre personnel d'un participant à l'atelier d'écriture. Et quel bonheur d'avoir été choisi pour écrire ce préambule. Quelle fierté d'avoir eu l'exclusivité de suivre ses créations à l'ombre d'un ordinateur et de voir le projet se concrétiser.

Je lui souhaite un beau succès, de magnifiques rencontres avec ses lecteurs (c'est-à-dire vous), de nombreuses autres productions personnelles ou collectives.

Agréable lecture à vous et à toutes celles et ceux à qui vous confierez ce livre.

Christophe Carreras

« *La vie de l'homme dépend de sa volonté ;*
sans volonté, elle serait abandonnée au hasard »
(Confucius)

Ceci est une fiction. Toute ressemblance avec des faits ou des
personnes existant ou ayant existé est fortuite.
Et surtout n'oubliez pas, même si
« *La vie ne vaut rien, RIEN NE VAUT LA VIE* »
(A. Malraux)

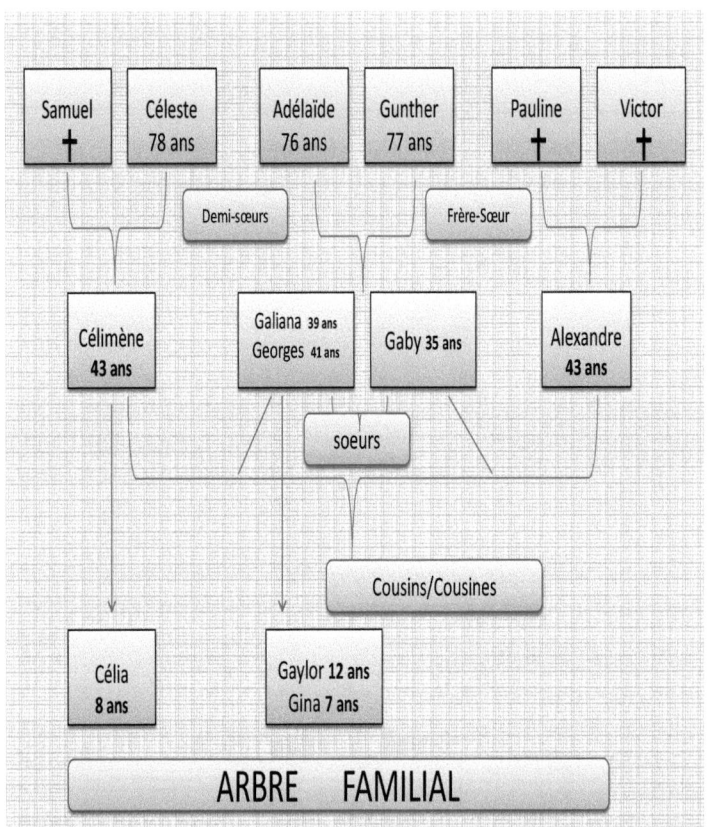

Samuel † Céleste 78 ans Adélaïde 76 ans Gunther 77 ans Pauline † Victor †

Demi-sœurs

Frère-Sœur

Célimène 43 ans Galiana 39 ans Georges 41 ans Gaby 35 ans Alexandre 43 ans

soeurs

Cousins/Cousines

Célia 8 ans Gaylor 12 ans Gina 7 ans

ARBRE   FAMILIAL

Gunther et Adélaïde Queroy, respectivement âgés de soixante-dix-sept et soixante-seize ans, s'apprêtaient à partir pour un voyage volontaire dans les affres de leurs aventureux désirs. Puis, ils pourraient se reposer, et ils l'auraient bien mérité. Après quatre mois de préparation, de rendez-vous en interrogations, de formulaires en déclarations, ils avaient fini par se retrouver à la date du départ, cahin-caha, sans s'en rendre compte et toujours aussi impatients. Ils avaient eu tout le loisir de s'y préparer, avec une visite mensuelle chez leur voyagiste afin de déterminer leurs lieux favoris de pérégrination et leurs modes de déambulation ; ils avaient dû s'assurer, bien sûr, de disposer de tous les papiers nécessaires, ordonner leurs affaires avant de partir, anticiper l'achèvement de leur circuit et organiser le séjour estival et anciennement traditionnel de leurs famille et amis pour la fin de leur expédition.

Ils souhaitaient en effet renouer avec cette coutume qu'ils avaient eux-mêmes instaurée il y avait fort longtemps et qui avait été abandonnée ; par négligence sûrement, par manque de temps peut-être... Enfin « pour tout un tas de mauvaises raisons », se disaient-ils. Pourtant, eux, ils la louaient toujours tout l'été cette grande maison à Excenevex, au bord du lac de Genève, mais plus personne ne les rejoignait au Chalet des Sables, comme ils l'avaient surnommée. Aujourd'hui, ils désiraient que tous se retrouvent, comme avant, après les vacances de chacun, pour quelques jours de partage, de rire et d'insouciance. Dans leur esprit, ce souvenir sentait bon la nostalgie des jours heureux ; et ils espéraient bien que cela continuerait, d'année en année, et peu importait les aléas qui ne manqueraient pas de se produire ; ils en avaient vu d'autres et ils s'en étaient remis.

Comme l'annonce de la maladie de Pauline, la sœur de Gunther, la mère d'Alexandre, il y avait une quinzaine d'années. Ça leur avait fait un choc à tous, autant qu'ils étaient ! Mais elle avait tenu bon, elle s'était battue pendant de longs mois, et « *nous l'avons vue dépérir petit à petit, sans pouvoir intervenir pour y remédier. Nous avons simplement pu être présents, et les séjours n'en étaient pas plus tristes pour autant* n'est-ce pas Gunther ? » ; chacun y déployait toute son énergie et souvent bien plus encore, pour enfiévrer l'estivage – *Alexandre, avec son esprit potache, était le meilleur* – faire sourire ou rire avec des sketches improvisés pour la veillée, jouer à l'eau – *la facture s'en ressentait* – au Pictionary – *là, tout le monde retombait en enfance, à grimacer et gesticuler comme des pantins animés par la fureur de l'oisiveté.*

Et puis ce fut le tour de Victor, trop empressé à vouloir guérir sa chère et tendre, et qui s'était oublié, un petit peu ; sa négligence lui avait été fatale, peu de temps après sa femme.

Dans tout cela, le pauvre Alexandre, alors âgé d'à peine trente ans, avait été très courageux ; en cinq années il s'était retrouvé orphelin de mère et père ; il avait dû faire face à des décisions importantes concernant les affaires de ses parents, qui, si elles avaient été défavorables, auraient pu lui nuire gravement, notamment pour la poursuite de ses études. Heureusement, Gunther et Adélaïde, ainsi que le reste de la famille et des amis, lui avaient été de précieux conseil ; et il avait pu terminer sans autre malheur son doctorat de droit, s'assurant ainsi un avenir professionnel conséquent. Maintenant, Alexandre travaillait comme avocat dans une des agences du prestigieux cabinet « Lamotte et Pereire » en Ile de France.

Pour cette année, Adélaïde et Gunther avaient préféré retenir un espace différent de celui qu'ils occupaient d'habitude à cette période, juste avant la fin de l'été et avant la rentrée, et c'est tout naturellement qu'ils avaient choisi la rive opposée du Chalet des Sables, du côté suisse du lac Léman.

C'est pendant ce séjour qu'ils avaient décidé de leur faire la surprise…

Sur le catalogue, ils avaient craqué pour une grande meulière avec accès direct sur le lac d'un côté et ouvrant sur la rue piétonne du centre ville de l'autre ; ils l'avaient réservée. Les chambres étaient nombreuses, le salon confortablement aménagé de plusieurs bergères en tweed et autres voltaires, d'un canapé immense, tous disposés autour de l'âtre central et de la télévision. Une grande baie vitrée laissait entrevoir le sentier serpentant entre les broussailles et le lac, avec la montagne en toile de fond. L'ensemble leur avait paru suffisamment chaleureux pour y réunir toute la famille et leurs amis préférés. Ils avaient envoyé les invitations par leur messagerie internet sitôt qu'ils avaient été sûrs.

– Tout le monde a répondu présent, Adélaïde, à notre bristol ? s'enquit Gunther.

– Oui Chéri, ils viendront tous !

– Rappelle-moi qui sera là, déjà ?

– Oh ! Gunther, ce n'est pas compliqué, la liste n'est pas bien longue et tu sais parfaitement qui nous avons invité ! Ce sont toujours les mêmes, c'est le noyau dur Famille-Amis.

– Oui, mais cela fait si longtemps que nous ne les avons tous réunis ! En plus je n'ai pas vu toutes leurs réponses... Allez, s'il te plait !

Adélaïde, résignée, commença l'énumération des invités.

– Alors, commençons par les anciens : il y a, bien sûr, ma sœur, Céleste...

– Très bien, cette chère Céleste sera là ; quel âge a-t-elle, déjà ? Je trouve qu'elle fait beaucoup plus jeune que nous... ou c'est peut-être depuis notre dernière visite chez elle... Tu te souviens, Adé, ce Lismore, l'épicier irlandais, nous avait raconté une espèce de légende dont ta sœur était plus ou moins l'héroïne...

– C'est vrai, ils imaginent là-bas que Céleste ne vieillit pas ! Qu'elle est immortelle, en quelque sorte, hein Gunther, c'est bien ça, si je résume !

– Exactement, et je trouve que ça colle bien avec l'air éthéré qu'elle a toujours ! Tu ne trouves pas ?

– Tu es mauvaise langue Gunther, arrête de critiquer, c'est ma sœur tout de même !

– Bon d'accord, passe au suivant alors.

– Voilà les inséparables, John et Lucien, qui viendront, évidemment. On a toujours pu compter sur eux, n'est-ce pas ?

– Oui, tout comme nous les avons soutenus nous aussi, quand Lucien a déclaré sa foutue maladie ! Ça a été un drame, ça aussi... Mais ça ne s'est pas ébruité, comme ils le souhaitaient.

– Nous avons été discrets, bien sûr, à leur demande. C'était normal ; à l'époque, ils auraient été des parias ! Fusillés sur la place publique !

– Tu exagères un peu quand même Adé, il n'y a pas de honte

à avoir la tuberculose, que je sache !

– C'est ça, c'est ça !

– Quoi ?

– Tu sais très bien ce que je veux dire, Gunther !

– Ben, non, vas-y, précise !

Sur un ton plus bas, dans un murmure, Adélaïde répondit :

– Tu sais bien que Lucien est guéri de sa tuberculose, mais pas du reste quand même !

– Bien sûr, Adé, mais ce n'est pas la peine d'en faire tout un plat ! Il est moins malade que toi et moi, en fin de compte !

– Eh bien, tu m'épates Gunther ! Mais depuis quand sais-tu que Lucien a cette maladie ?

– Tu me prends vraiment pour un imbécile, Adélaïde... Je l'ai su en même temps que toi, je suppose !

– Mais mon Gunther, je ne te prends pas pour un imbécile du tout, c'est seulement que tu as souvent l'air si embarrassé à l'évocation de toutes ces choses...

– Heu ! Oui, oui... c'est que, comme ça, on ne m'embête pas avec ces questions, tu comprends ?

– Hum, je crois que je comprends très bien... Bref, passons aux suivants : il y aura aussi Célimène et sa fille Célia.

– Oh ! La belle Célim, et sa mignonne ! Elles viennent directement d'Irlande ? C'est elle qui amène sa mère ?

– Je ne sais pas...

– Travaille-t-elle toujours dans cette grande enseigne internationale ?

– Oui, elle y est toujours styliste ; d'ailleurs, elle m'a répondu avec une nouvelle carte de visite, une cybercarte qu'elle a dessinée elle-même, m'a-t-elle dit !

— La classe ! affirma Gunther.

— Oh ! Oui !

— Et si Célimène est là, Alexandre viendra aussi ; ils sont toujours « cul et chemise » ces deux là !

— Tu as raison, Alexandre a répondu présent. Je craignais qu'il ne vienne pas, avec sa réinstallation depuis son retour d'Equateur !

— C'est une drôle d'idée qu'il a eue, tout de même, de tout abandonner ici ; son métier, ses amis ; nous, sa famille... Non ?

— Oui, mais le décès si rapproché de ses deux parents a été traumatisant pour lui ; il était dans ses études ; je crois qu'il n'a pas pris le recul nécessaire pour aborder une telle épreuve, et c'est certainement ce qu'il est allé chercher au bout du monde ! Il a vécu là-bas sur ses rentes et de quelques petits boulots, il devait avoir beaucoup moins de pression en Amérique que sur Paris !

— Il a bien fait d'en profiter !

— Tu ne crois pas si bien dire, parce qu'il a déjà remis le collier, à peine rentré !

— Oui, j'ai lu le mail d'Alexandre : il se débrouille bien ! Et nos filles ont-elles répondu ?

— Gaby fait tout son possible pour être présente, mais on vient de lui proposer un poste d'éducatrice dans une association qui s'occupe d'enfants autistes, alors elle n'est pas sûre de pouvoir se libérer, elle ne sait pas encore quand elle commencerait...

— Ce ne sera sûrement pas avant octobre, elle ne va pas

commencer en plein milieu du mois de septembre...

– On verra bien !

– Et Galiana, elle vient, sûr, elle ?

– Oui, ils viennent, bien sûr avec les petits. Ça fait un bout de temps qu'on n'a pas vu nos petits enfants, tu ne trouves pas ? Je ne suis pas sûre qu'on les reconnaisse, à cet âge-là, ils changent si vite !

*

La demeure qu'ils avaient réservée à Vevey serait remplie de tous les êtres chers à leurs cœurs. Encore un beau séjour en perspective, et des souvenirs inoubliables.

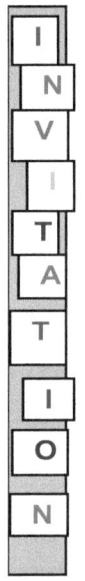

Juste avant la fin de l'été,
Les 14, 15, 16 et 17 septembre prochains

Nous vous convions
pour quelques jours au bord du Lac Léman …
comme avant, lorsque nous nous retrouvions tous,
après les vacances
Vous pourrez encore faire du feu dans la cheminée
Si ça vous tente, ou bien quelques grillades,
Voguer sur les flots, au gré des souvenirs
Venez tous, merci
Adélaïde et Gunther

Célimène   14/09/2018   15 : 27

À : Alex.@

Objet : Arrivée à Vevey

Mon Cher Alexandre,

Comme je te l'ai promis, je t'écris de Vevey en Suisse où je regrette vraiment de ne pas te voir. Nos « cousinades » d'antan me manquent et les promenades au bord du Léman me semblent moins intéressantes sans toi. Mais j'essaye d'apprécier quand même ce séjour, rapide mais dense. Nous sommes arrivés hier, en même temps que John et Lucien, amis fidèles de nos hôtes. Je n'ai pas encore vu nos cousins Galiana et Georges, mais j'ai aperçu leur fille Gina, alors je sais qu'ils sont là. Par contre, leur fils, Gaylor n'est pas avec eux, d'après la petite. Ils rentrent tout juste de vacances et apparemment, ça ne s'est pas bien passé… Ils nous raconteront peut-être…

Gunther et Adélaïde ont pensé à tout, nous sommes reçus comme des princes. La maison au bord de l'eau est simple mais immense, ce qui nous a tous permis de rester dormir sur place la nuit dernière. C'était mieux ainsi, car certains ont profité du buffet pour boire un peu trop (je ne te dis pas qui !)… enfin, tu connais les gens, on leur donne une main, ils te prennent le bras ! De toute façon, c'est prévu comme ça, il y a de quoi coucher tout le monde ; comme lorsque nous louions le chalet du Chemin des Sables !

La météo prévoit du beau temps pour les prochains jours, c'est vrai que le ciel est resté clair toute la journée ; alors nous en avons profité, avec John, Lucien, Céleste, Célia et moi, pour remonter toute la rue du lac, en partant de la Grand Place ; c'était un grand tour ! J'ai cru que Maman n'allait pas suivre, elle a quand même soixante-dix-huit ans ; mais penses-tu, c'est elle qui marchait le plus vite !

Enfin, c'est dommage que tu ne sois pas là, parce que tu aurais pu revoir toute la clique : revoir ta tante Céleste – ma mère - depuis le temps ! Deux ans que tu es parti ? C'est bien ça ? Remarque, elle ne vieillit pas, elle n'a pas pris une ride, elle ! Par contre, je suis sûre que tu ne reconnaîtrais pas ma fille, Célia. Cela fait longtemps que tu ne l'as pas vue, n'est-ce pas ? Elle a huit ans maintenant, elle est belle comme un cœur. Maman me dit souvent : « tu sais, Célimène, ta fille ressemble de plus en plus à Samuel ». Je suis bien obligée de la croire sur parole, car elle n'a toujours pas une seule photo à me montrer !

Ah, mais c'est bien moi, je parle, je parle, et je ne prends même pas de tes nouvelles ! Donc, comment vas-tu ? As-tu encore ton plâtre, ou as-tu soudoyé la belle infirmière pour qu'elle te l'enlève plus vite que prévu ? Cela doit bien faire deux semaines que tu as eu cet accident de voiture, non ?

Bien, il est 18h30, nous devons nous préparer pour les festivités. Je crois que nos hôtes nous ont concocté une belle surprise ; je n'en sais pas plus pour l'instant, juste que nous allons assister à la projection de leur dernier voyage : d'après la rumeur qui circule ici, Adélaïde et Gunther ont fait un petit tour du monde récemment... Ils ne nous en ont même pas parlé ! Tu le savais toi ?

Je t'embrasse et te dis à bientôt pour te parler de la suite.

Célim

En fin de compte, Alexandre n'avait pu honorer l'invitation de ses oncle et tante, victime d'un accident de voiture au cours duquel il s'était cassé la jambe et avait broyé sa voiture. Deux véhicules sur sa gauche s'étaient tamponnés et l'un d'eux était venu le percuter en tournoyant sur lui-même au milieu de la trois voies où il circulait. Par effet « boule de neige », les automobilistes avaient assisté à un immense carambolage. Pour sa part, sa berline avait bousculé plusieurs voitures, sans qu'il ne maîtrise rien ; au vu de l'épave, il s'étonnait du peu de dégâts humains ; il était le seul blessé, la jeune femme, au volant du dernier véhicule qu'il avait touché, était sortie indemne de la collision. Ouf ! Il avait eu une peur bleue mais se félicitait de son réflexe inné lorsqu'il avait tout braqué à droite pour atterrir dans le fossé plutôt que d'aller s'encastrer dans les voitures d'à côté après avoir traversé l'étroit terre-plein qui les séparait de la route en sens inverse. Il sortait d'un entretien avec un nouveau client qui venait de terminer sa garde à vue. L'homme d'une cinquantaine d'années était accusé du meurtre de sa maîtresse, femme de vingt ans son aînée, mais dame légèrement fortunée dont il était un héritier de premier plan. Alexandre avait récupéré cette affaire, jugée moyennement importante par le reste du cabinet, parce qu'il était le dernier arrivé dans l'équipe d'avocats. Il devait faire ses preuves. Normal. Bien que diplômé depuis trois ans, il n'avait encore jamais travaillé comme avocat.

C'est au vu de son curriculum de baroudeur que Jacques Pereire, principal associé du cabinet, l'avait embauché. Alexandre avait un peu brodé autour de son exil en Equateur ; il ne lui avait pas été difficile, moyennant quelques billets, de se procurer là-bas un contrat de travail factice qui le propulsait manager dans une exploitation forestière. Ce qui lui avait amené illico l'expérience professionnelle qui lui manquait. Pereire avait apprécié, d'autant qu'il en avait rajouté, n'hésitant pas à se présenter en tenue décontractée, veste et pantalon assortis de lin et coton mélangés, très sud américain, couleur havane, froissés, panama[1] vissé sur la tête. Dans la réalité, Alexandre avait surtout été manœuvre sur tous les chantiers qu'il avait pu trouver. Sa seule approche végétale s'était faite aux alentours des volcans, où il avait été cueilleur de la fameuse rose de Quito, dans les immenses roseraies. Après le décès de ses parents quelques années auparavant, il s'était juré de partir, ailleurs, faire la route, à la fin de ses études, pour sortir du système et revenir avec un savoir différent d'un parcours classique. Et ça avait marché ; de retour au pays depuis trois mois, il avait rejoint l'équipe de Lamotte et Pereire deux semaines plus tard. Mais il était sur la sellette en permanence, observé et jugé sans cesse par ses pairs. Cette affaire était celle à ne pas foirer, se disait-il, sinon « Adieu, veaux, vaches, cochons », il retournerait au chômage et autant dire que sur son CV ça ferait désordre de s'être fait virer d'un des plus grands groupes de juristes sur la place de Paris et alentours ! Malheureusement, aujourd'hui, avec son immobilisation forcée, il allait avoir du mal à se forger sa propre opinion sur les soupçons portés à l'encontre de l'héritier, ne pouvant pas subvenir lui-même à son enquête. Heureusement, son équipe prendrait le re-

---

1   Comme son nom ne l'indique pas, ce chapeau de paille est originaire de l'Equateur ; en effet, la feuille de palme utilisée pour la confection du véritable Panama (la cardulovica palmata ou paja toquilla) ne pousse qu'en Equateur.

lais ; sa secrétaire d'abord ; il pouvait compter sur elle, elle avait l'expérience de la maturité, nickel ! Il y avait aussi son stagiaire ; bon, là, c'était plus difficile, il fallait déjà qu'il arrive à l'heure tous les matins, mais quand c'était le cas, il travaillait vite et bien… Sa secrétaire s'occupera de le motiver tous les jours ! Et ils pourront gérer ensemble, même à distance. Sans compter qu'il ne désespérait pas de faire « sauter » son attelle plâtrée plus tôt que prévu… De toute façon, loin de lui l'idée de se décourager. Il devait faire face à l'adversité, le hasard et la malchance en l'occurrence, et tirer le positif de son accident. Et le positif semblait bien se présenter sous les traits de la charmante demoiselle dont il avait culbuté – en tout bien tout honneur – l'arrière train automobile. En effet, après avoir légèrement perdu connaissance, victime du choc et de la douleur aiguë ressentie dans la jambe, il s'était réveillé la tête sur les genoux de cette ravissante personne ; elle lui parlait doucement d'une voix rassurante, caressant ses cheveux comme elle aurait flatté la croupe d'un animal blessé, attendant les secours ; et lui n'espérait qu'une chose, faire durer le plaisir ; il revoyait les gyrophares, il entendait encore les sirènes de police et de pompiers, mais après, le trou noir… Ah ! Si, une chose : le doux parfum de sa sauveuse… Qu'elle « sentait bon le sable chaud, cette belle brunette aux yeux sombres » ! Très empathique, la jeune conductrice lui avait rendu visite à l'hôpital et ils avaient échangé leurs adresses et numéros ; elle s'appelait Alida, et Alexandre avait été captivé par le velouté de sa peau caramel qui l'attirait et par son aura exotique qui lui plaisait beaucoup.

Elle avait promis de passer le voir chez lui, très vite… Il était impatient.

Célimène   14/09/2018   17 : 02

À :   Alex.@

Objet : 7ᵉ Art !

Cher Alex,

C'est le moment de la pause ! Interlude quoi ! Alors, j'en profite pour te faire le topo.

Ah ! Ça y est, tout à l'heure, j'ai croisé Georges et Galiana, et nous avons bavardé un peu ; puis, j'ai aperçu Gaby. C'est bien, les deux filles d'Adé et Gunt sont là, la famille est presqu'au complet !

Alors, apparemment, ils ont décidé de partir à la suite de l'ouragan dont ils ont été victimes cet hiver. Mais, même leurs propres filles n'étaient pas averties de ce voyage. Gaby et Galiana font mine de rien devant nous, mais je crois qu'elles n'ont pas apprécié ! Elles nous disaient tout à l'heure qu'elles se demandaient bien quand ils étaient partis, surtout Gaby qui n'habite pas très loin de chez eux, et qui ne s'est pas aperçue de leur absence ! C'est étrange, non ? Mais le temps passe si vite, il suffit d'une quinzaine de jours pour partir et revenir en fin de compte...

Nous venons d'assister à la première étape de leur voyage. C'était en Irlande. Maman a rouspété d'apprendre qu'ils sont allés là-bas sans même passer la voir ! Décidément, ils nous ont fait beaucoup de cachoteries, les coquins !

En tous cas, je ne sais pas comment ils ont fait, mais ils se sont fabriqué un souvenir incroyable : techniquement, c'est très professionnel. On croirait un film de cinéma, ou plutôt j'ai eu l'impression d'assister à la lecture d'une épopée moderne ; il y a une voix « off » qui nous raconte leurs différentes escales, qui nous fait part des sentiments éprouvés par les voyageurs, et surtout qui nous raconte leur histoire. C'est bien foutu !

Malheureusement, nous ne les avons pas encore vus ; ils ont dû prévoir d'entrer en scène après la projection.

Je te raconte...

L'Irlande

Adélaïde marchait devant, arpentant les allées du château médiéval de Kilkenny. Son pas un peu lourd avait néanmoins l'élégance féminine d'une ancienne sportive. Evidemment, avec l'âge, elle s'était un peu étoffée et il lui était maintenant plus difficile de marcher à bonne allure ! Mais son optimisme à toute épreuve l'aidait à avancer, se réfugiant dans la contemplation et l'admiration de ce qui l'entourait.

– Gunt, dépêche-toi, viens voir ici le merveilleux point de vue que nous avons !

– J'arrive Adé ! De toute façon, ce paysage va bien m'attendre ! répondit-il dans sa barbe.

Gunther était dans le même état que sa femme ; le poids des ans le clouait sur place de plus en plus souvent et une espèce de fatalisme négatif lui serrait les entrailles depuis longtemps déjà. Adélaïde était le petit cactus qui l'empêchait de s'asseoir sur ses convictions pour se regarder le nombril toute la journée. Il en était bien conscient et lui en était reconnaissant.

La fin de leur activité professionnelle les avait un peu pris de court tous les deux, et ils s'étaient retrouvés un beau matin à la table du petit déjeuner, surpris d'y être ensemble, sans courir, et de s'y retrouver tous les jours suivants !

– Tu as raison ! Qu'est-ce que c'est beau ! Ça valait le coup de marcher autant ! approuva Gunther qui avait dû quasiment escalader la dernière roche pour arriver au belvédère.

– C'est magnifique, hein, mon Gunt ! On voit toute la vallée de la Nore, perchés sur cet à-pic. Tu vois, d'ici on aperçoit, sur l'autre côté, tout le dédale des ruelles étroites qui contournent les vieilles maisons de Kilkenny.

Adé s'était retournée pour contempler la bâtisse, accoudée au parapet, puis reprit :

– Ce château est tellement massif mais en même temps si majestueux, avec ses remparts de granit gris qui s'élèvent !

– Ils savaient se protéger, au 12ème siècle, tous ces marquis et vicomtes ! reprit Gunther.

– Oui, on est vraiment des petits rigolos avec nos murs de briques creuses ! se réjouit Adé.

*

Ces deux là s'étaient rencontrés quarante ans plus tôt et avaient cheminé ensemble depuis tout ce temps. Ils avaient toujours travaillé dur et économisé tout ce qu'ils gagnaient pour se payer le toit qui les abritait ; sans étude supérieure ni haut diplôme, ils avaient mené chacun leur vie d'artisans coiffeurs avec courage, bonne humeur et conscience professionnelle ; mais ils n'étaient pas montés bien haut dans la hiérarchie de leur métier, retenus par l'investissement personnel et financier que cela aurait représenté, au détriment de leur vie familiale. Et ça, ils ne le souhaitaient pas. Mais cela ne les avait pas empêché d'énormément apprécier leur profession, surtout au travers de leur clientèle ; et aussi de beaucoup travailler ; alors quand la retraite s'était profilée à l'horizon, ils avaient mis tous leurs espoirs dans la perspective d'une liberté retrouvée... promener leur vie de côte escarpée et ensoleillée en sommets enneigés, tout en passant par quelques fjords ou quelques déserts, n'était pas pour leur déplaire ! Ils espéraient bien en profiter. Ils avaient élevé leurs deux filles, Galiana et Gaby comme des princesses ; pour ça, elles n'avaient manqué de rien, les donzelles ; et Gunther et Adélaïde en étaient très fiers. Un sentiment de mission accomplie les imprégnait, et avec lui, l'envie de vivre maintenant pour eux, rien que tous les deux.

*

Après leur virée au château de Kilkenny, il était temps de rentrer ; Gunther s'installa au volant de la guimbarde de location ; ça l'amusait beaucoup de rouler à gauche ; Adélaïde un peu moins, au vu des embardées qu'il faisait dès que la voiture se retrouvait, de façon presque automatique, du côté interdit !

– Attention Gunther ! Attention, tu es à droite ! hurlait Adé.

– OhOhOh ! Tiens toi du bon côté ma Titine... et Gunther faisait son grand écart et regagnait sa partie gauche de la route.

– Oh, j'ai eu peur, tu sais ? Puis, après quelques instants, elle minauda : mais dis donc, j'ai remarqué que maintenant tu parlais à la voiture ? ... et j'ai cru comprendre que tu l'avais baptisée ? ... c'est Titine, son petit nom, c'est bien ça ? ...

Adélaïde, espiègle, s'amusait à le taquiner, et Gunther appréciait la malice dans la voix de sa femme. Elle lui rappelait leur jeune temps, et immanquablement, le souvenir de leur première rencontre lui revenait à l'esprit.

Tout de suite, au premier regard, ils avaient su l'un et l'autre que leur vie se ferait ensemble ; ils avaient commencé par badiner, avec leurs mots lancés à l'écoute de l'autre, qui y rebondissaient aussitôt pour revenir claquer le vif esprit qui les avait créés ; avec des yeux langoureux qui s'épiaient, se défilaient et se trouvaient, pour se ruer l'un vers l'autre puis s'abandonner ; avec des mains qui s'étaient frôlées, qui s'étaient tenues et serrées, de plus en plus fort ; oui, c'est comme cela qu'avait débuté leur histoire. Adélaïde était alors une jeune femme délurée, d'une vingtaine d'années tout comme lui, et qui n'avait pas la langue dans sa poche ; mais pourtant, elle avait su lui murmurer les mots tendres de tous les jours, doux et ronds comme des bonbons de miel, qui fondaient sur la langue et édulcoraient la vie.

– Adélaïde, une merveille de petite bonne femme ! se plaisait-il à dire.

*

Ils roulaient maintenant à vive allure dans l'automobile qu'ils avaient réservée lors de la programmation de leur voyage. Ils avaient opté pour une Méari 2 chevaux, bleu clair, avec la bâche blanche. Comme ils avaient commandé du soleil, ils en avaient, ainsi que la chaleur qui l'accompagne. Tout était parfait ; ils avaient donc décapoté l'automobile et fonçaient, cheveux au vent, sur l'unique route qui traversait le comté. De part et d'autre de l'asphalte, des hectares de vertes prairies, des collines tout aussi verdoyantes, et au loin, les falaises qui dinguaient dans la mer d'Irlande. Ils avaient une centaine de kilomètres à parcourir pour rejoindre Dublin et leur « bed and breakfast », où leur hôte, Patrick Brennan, les attendait pour un repas typique irlandais. Le ciel était moutonneux, ils n'avaient pas croisé grand monde sur la route, rien que des brebis à tête noire qui pâturaient dans l'herbe grasse.

A l'approche de Dublin, Adélaïde voulut s'arrêter pour relever la capote du véhicule et se refaire une beauté afin d'être présentable devant leur logeur.

– Tiens, ici, ce sera très bien. C'est ce qu'on appelle un pub, non, Gunther ? Adélaïde avait repéré un café à l'entrée de la ville.

– Ah ! Très bien ma poule ! On s'arrête ici au Brazen Head Pub.

– Cet établissement a l'air très ancien ?

– Oui, tiens, lis ici, c'est écrit : il serait là depuis 1613, tu te rends compte !

Le pub était typique avec sa devanture colorée, ses vitres encombrées de publicités pour des bières, des whiskies, en veux-tu en voilà ! Ils rentrèrent et avancèrent vers le comptoir, un bar rutilant avec ses rampes en laiton doré, ses supports de bouteilles en cuivre ; ça étincelait de partout.

A l'intérieur, ils s'assirent sur de vieilles banquettes en cuir vieilli, marron clair ; les tables en bois rustique brillaient sous les lumières chaudes des ampoules allumées en plein jour. Il faut dire que sans elles, la salle serait plongée dans le noir, tellement les ouvertures étaient obstruées. Un grand jeu de fléchettes était accroché au mur, et des hommes jouaient en sirotant leur verre de Paddy ou leur Guinness. Gunther commanda deux thés pendant qu'Adélaïde, dans un geste « so british » se tapotait la houppette pour se repoudrer le nez. Le barman arriva et leur servit la boisson dans de très belles tasses de porcelaine, puis déposa de magnifiques cupcakes sur la table.

– Oh ! sinkiou misteur ! balbutia Adé. Itize biotifoul ! Ouate contentes dise queke ? Itize gratis ?

Le barman la regardait, attendant qu'elle ait terminé de parler, puis répondit gentiment :

– Yes ! Yes ! Puis il regagna son comptoir.

– Si tu veux mon avis, le barman n'a rien compris de ce que tu lui as dit ! plaisanta Gunther. D'ailleurs moi non plus j'ai rien compris : qu'est-ce que tu lui as raconté ?

– Peu importe que tu n'aies pas compris, Gunther, tout le monde sait que l'anglais et toi, ça fait deux ! Le barman m'a répondu « yes », c'est qu'il a compris, sinon il m'aurait fait répéter !

Adélaïde était comme cela, toujours empreinte de sa bonne foi, et persuadée de sa réussite. Ce n'était pas à son âge que cela changerait, et Gunther le savait bien, cela faisait partie du charme de son épouse. Il sourit donc à sa réponse, ne prenant pas ombrage de son air supérieur ; ce n'était pas la première fois qu'elle le prenait pour un imbécile, et il ne relevait jamais l'affront pour éviter d'envenimer la situation : Gunther appelait cela de la diplomatie, et il en usait chaque jour qui lui était donné aux côtés d'Adélaïde !

Après s'être désaltérés d'un fameux thé irlandais, ils remontèrent dans la Méari recapotée ; d'un vrombissement, elle les conduisit jusque chez Brennan ; lorsqu'ils arrivèrent, le portail de la demeure était ouvert, et ils aperçurent Patrick, au loin, sur le pas de sa porte rouge, qui les attendait.

- Cela ferait une très belle carte postale, ce portail de fer forgé, et cette belle allée paysagée, qui mène jusqu'à ce magnifique cottage fleuri !

– C'est le moment de prendre une photo, Adé !

– Tu sais bien qu'on ne prend pas de photo pendant ce voyage, Gunther !

– Hum, c'est vrai… mais vas-y, si tu veux, descends quand même ; moi, je vais me garer devant la maison.

Adélaïde ne se fit pas prier et sauta hors du véhicule.

– Tu as raison Gunt, c'est tellement beau, je vais remonter l'allée à pieds.

Arrivé près du perron, Gunther gara la décapotable sous un magnifique chêne qui déployait ses branches sur un large rayon – au moins vingt mètres, exagéra-t-il en avançant près de son hôte, les yeux en l'air.

– Bonjour, Monsieur Brennan, nous sommes les Queroy, nous avons réservé une chambre chez vous pour ce soir !

– Ah ! Yes ! Mister Queroye ? Et votre femme, où est-elle ? questionna-t-il dans un français à très fort accent.

– Oui, ma femme ? Ah ! Elle est en train de « prendre des photos », elle arrive ! Mais elle n'est pas pressée !

– Perfect, moi aussi je suis no pressé, répondit Patrick en souriant ; je vous montrer la chambre ? viennez Mister Queroye.

Pendant qu'il parlait, Gunther scrutait discrètement les expressions et les attitudes de Patrick ; il s'agissait d'un personnage haut en couleur, qui gesticulait beaucoup, et éventait l'assemblée avec ses manières précieuses ; sa voix haut perchée, il faut bien le dire, était efféminée ; à ces constatations, Gunther n'hésita pas et s'engouffra à une allure vertigineuse dans un inextricable doute quant au « bord » de son hôte ; prompt à la fabulation, il s'imagina, à un geste superflu, surprendre des regards équivoques à son encontre, en particulier lorsque Patrick lui prit le bras pour le diriger vers l'escalier menant à leur chambre. Mais Gunther n'avait pas l'intention de monter là-haut sans Adélaïde... Comme si elle aurait pu le défendre ! Et de toute façon, elle traînait toujours dans les allées du parc. Il dégagea donc son bras de l'emprise de Patrick et se retrouva à le suivre, tout gêné qu'il était... Mais il ne perdit pas pour autant l'occasion de l'observer à nouveau de la tête aux pieds. Et il ne fut pas déçu par le spectacle. Patrick Brennan avait des goûts plus que douteux, en tous cas dans l'assortiment des couleurs ! Il portait un pantalon moulant vert pomme – il aurait appelé ça un « moule-bite » dans son quartier populaire de banlieue, mais il ne dit rien – avec une chemise rayée rouge et blanche, sur laquelle il avait enfilé un pullover sans manche à carreaux marron, jaune et rouge. Le comble du mauvais goût vestimentaire légendaire des anglais, c'était d'être en Irlande ! Oh my God ! De surplus, il avait les cheveux gras et blonds, qui lui tombaient, comme des baguettes autour d'un visage ingrat ; pour couronner le tout, Gunther aurait parié qu'il avait mis du fond de teint ! Sa pudeur, ou peut-être même son éducation judéo-chrétienne, venaient d'en prendre un sérieux coup ! Sa sensibilité en était toute chavirée. Il n'avait pas peur, non bien sûr, mais il était mal à l'aise en présence de ce zozo.

En attendant, étonné de sa réaction, Patrick s'était retourné et faisait face à Gunther, qui, lui, s'impatientait de voir revenir sa femme ; elle le sortirait de cette impasse sans le moindre souci ; et c'est ce qu'elle fit dès son arrivée. Comme d'habitude, Adélaïde prit les choses en mains, absolument pas dérangée par une attitude ou une autre de la part de Patrick ; et tout s'organisa pour le mieux. Ils visitèrent leur chambre, spacieuse et claire. Un tissu mural bleu, style Liberty, habillait les murs, et un immense oriel, qui ouvrait tout un mur, réchauffait la pièce grâce aux rayons du soleil qui tapaient sur la baie. Brennan les laissa admirer le point de vue et prit congé :

– Je vous laisser installer vous, préner votre temps, je attends vous pour daïné à vingt heures.

– Très bien Monsieur BRENNAN, à toute à l'heure.

Adélaïde le suivait pour fermer la porte derrière lui et écarquillait les yeux sur toutes ces couleurs affichées. Sitôt qu'il fût sorti, elle s'adressa à son mari :

– C'est le bal costumé ce soir ou quoi ! Tu as vu comment il est attifé Gunther ? ... non, bien sûr ! Toi tu ne vois rien, tu contemples le paysage... Ah ! C'est beaucoup plus joli, tu as raison d'en profiter !

Un sourire fendait son visage d'une oreille à l'autre, persuadée que Gunt était encore sur son petit nuage, comme souvent lorsqu'elle lui parlait ; c'était un tout petit défaut, ou plutôt un manque chez lui, il n'était pas observateur. Elle ne se gênait pas pour le rappeler sur terre dès qu'elle pouvait remarquer son « absence ». Elle fut donc étonnée de sa réponse quasi immédiate :

– Pour sûr que j'ai vu ! Ses manières surtout ! Tu as remarqué toi aussi, et le p'tit doigt en l'air, et à se trémousser, et à chicaner comme les gonzesses ! Je n'aime pas bien ce type là, tu sais !

– Ah ! Bon ? Je n'ai pas remarqué tout ça, moi ! Tu n'en rajouterais pas un peu ? De toute façon, pour toi, si un mec n'est pas un peu macho sur les bords, un peu vulgaire aussi et un peu brut de décoffrage, ce n'est pas un mec ! Alors avec ça ! ...

Adélaïde l'avait gentiment assaisonné, alors Gunther resta un peu renfrogné à ruminer sa réprimande.

– Mais arrête donc de ronchonner comme ça ! Tu as eu peur du vilain Monsieur ? le taquina-t-elle.

Pour moqueuse, elle l'était, et il n'appréciait pas du tout sa raillerie. Car là, on touchait au sacré quand même ! Mais Adélaïde continua :

— Tu me fais penser à nos vieux ; à leur époque, il n'y avait pas intérêt d'avoir l'air efféminé si on ne voulait pas être rayé de la carte ! Mais ça, c'était avant, Gunther ! C'était au début et au milieu du 20ème siècle ! Mais maintenant on est au 21ème siècle ! Allo Gunther, on se réveille, les mentalités ont changé ! Qu'est ce que ça peut bien te faire qu'une personne soit homosexuelle ? Je te le demande : ça ne change rien pour toi, ni pour personne, ça ne t'enlève rien et aux autres non plus ! Il y a juste quelques personnes de plus qui sont heureuses sur la terre ! Elle est pas belle la vie, hein ? Mon Gunther ?

Après ce sermon, il n'avait qu'à bien se tenir. Heureusement qu'Adélaïde était là, son petit cactus ! Elle espérait toujours lui élargir l'esprit et lui transmettre son goût de la diversité des choses et aussi des gens. Gunther le savait bien, mais malgré cela, il gardait quand même son air bougon ; c'était pour ne pas perdre la face, mais au fond, il était complètement d'accord avec Adélaïde. Sauf qu'il subissait un peu la pression sociale des autres, ses anciens collègues, ses voisins, ses amis. Il lui semblait difficile, et Adélaïde le comprenait très bien, d'affirmer une opinion différente, quand il pensait que sa virilité pouvait être remise en cause. Ah ! Les préjugés ont la vie dure !

Leur relation avait toujours été de cet ordre : elle aimait le materner, et il adorait se faire chouchouter. De temps en temps, elle le houspillait pour qu'il prenne ses décisions, et il arrivait qu'il y rechigne, mais il finissait toujours par s'y résoudre.

Ils descendirent rejoindre Brennan après plus d'une heure de repos dans leur « bedroom ». Il les attendait pour leur faire la surprise d'un dîner en ville dans un restaurant typique irlandais, où ils pourraient déguster des mets préparés spécialement pour eux, et profiter d'une soirée musicale comme ils aimaient ; Patrick leur avait concocté cette belle soirée après leurs échanges sur la toile où ses locataires s'étaient épanchés sur leur goût pour la musique irlandaise.

Quand ils arrivèrent dans le salon, Patrick était toujours en multicolore, et il virevoltait, tel un papillon, de l'entrée au séjour, remuant les clés accrochées à son doigt, et chantonnant quelque mélodie improbable.

— Tu crois que c'est normal d'être comme ça ? se crut obligé de murmurer Gunther à sa femme.

— Oh ! Ne recommence pas Gunt, souris et tais-toi ! lui rétorqua Adé.

L'ambiance chaleureuse de la taverne apaisa la tension entre les deux dès qu'ils y pénétrèrent.

Patrick les mena jusqu'à leur table, où ils purent s'asseoir sur une banquette de cuir rustique ; le barman s'enquit aussitôt de leur désir apéritif ; ils n'étaient pas très habitués à consommer des boissons alcoolisées, mais ils avaient tant entendu parler du Whisky irlandais, qu'ils en commandèrent ; ils burent dans un verre rond et trapu un nectar de malt à Whisky, aux saveurs fumées et légèrement boisées, gouleyant à souhait. Ils s'étonnèrent de la douceur de cet alcool, qui avait plutôt la réputation de heurter les gosiers. Leur hôte leur expliqua rapidement les différentes étapes de la distillation, depuis le touraillage de l'orge, en passant par l'eau tourbée définissant le goût typé irlandais, le « yeast », et jusqu'à son long séjour en fût de chêne, au moins trois ans ; et pour celui qu'ils avaient bu, douze ans avaient été nécessaires.

— Qu'est ce que c'est yeast ? demanda Gunther

— Oh ! it's « lévioure ? leviure ? »

– Ah ! De la levure ! Oui ! D'accord !

Ils avaient déjà la tête qui leur tournait, il était temps de « passer aux choses sérieuses, comme le dîner ! » lança Adélaïde. Elle n'eut pas le temps de terminer sa phrase, qu'un gros faitout atterrissait sur la table. Le serveur souriait lorsqu'il souleva le couvercle et remua le plat, très fier de faire découvrir à des étrangers la principale spécialité culinaire de son pays, « *Tel un homme qui sur un feu ardent tourne en tout sens un ventre bien rempli de graisse et de sang ...* »[2], et qu'un délicieux fumet leur chatouilla les narines. Effectivement, on aurait dit un gros bedon bien tendu entouré de pommes de terre et de carottes. Il s'agissait d'une saucisse ronde d'agneau et d'oignon frits !

– The famous pen'se de brébis fercie, it is'nt only scottish ! précisa Patrick. Je heusite evec Irish stew netionel, but i fallé tchoïse, OK ?

– Je n'ai rien compris, ajouta Gunther aussitôt.

– Moi non plus, puis à l'adresse de Patrick : ça sent très très bon, Hum ! On va se régaler ! Merci beaucoup de nous faire goûter les spécialités de votre pays !

– Yes, yes !

Ils dégustèrent avec plaisir un mets goûteux et roboratif, accompagné de « brown bread » typique également. A la fin du repas, ils n'en pouvaient plus et, à l'invite de Brennan, ils s'affalèrent dans les Chesterfield autour de la piste de danse. Plusieurs personnes attendaient déjà. Il était presque vingt-deux heures et une animation s'apprêtait. Un orchestre sommaire se mettait en place, en fond de piste, avec harpe et bodhran[3] celtes,

---

2   Ulysse dans l'Odyssée d'Homère
3   Sorte de tambourin

flûte et bombarde[4]. Puis ce fut le tour des danseurs ; ils étaient vêtus des tenues folkloriques irlandaises, chaussures noires fermées ; à peine arrivés, et sur un rythme endiablé d'aigus et de percussions, ils s'élancèrent dans un marathon musical, se mirent à sautiller d'un pied sur l'autre, lançant la jambe en avant, sur le côté, la pointe du pied frétillante, claquant derrière, puis croisant devant, en même temps que la musique et l'atmosphère gaéliques les envahissaient à une allure effrénée. C'était dépaysant au possible ; le temps passa trop vite, et lorsqu'ils rentrèrent, ils ne tarirent pas d'éloges auprès de Patrick pour le remercier d'une telle soirée.

– Nous avons vraiment eu l'impression d'être nous-mêmes Irlandais.

– C'était une réalité ce soir, pas une impression ! C'était fantastique ! Merci encore !

Après un tel moment, un repas pantagruélique, une échappée frénétique au rythme du biniou, et des sonorités plein la tête, ils avaient eu du mal à s'endormir. Mais le lendemain, comme si de rien n'était, Patrick fut debout aux aurores, bien avant eux et prépara le petit déjeuner. Au menu, Irish breakfast bien sûr avec tout ce que cela comporte : des saucisses additionnées de tranches de boudin noir et de boudin blanc, du bacon, des œufs, quelques champignons, des tomates, quelques morceaux de beignets de pommes de terre. L'odeur de cuisine matinale incommoda quelque peu Gunther, décidément mauvais joueur, et il préféra sortir sur le perron pour respirer le grand air. Il faisait d'ailleurs très bon et le soleil réussissait une percée au milieu du ciel cotonneux. Quant à Adé, fidèle à sa réputation de bonne vivante, elle fit honneur et engloutit avec appétit le petit déjeûner

---

4   Instrument à vent de la famille du hautbois

servi par Brennan.

Après ce dernier repas en compagnie d'un authentique du-blinois, les valises furent refermées et ils repartirent vers d'autres horizons, toujours irlandais, mais différents. Ils prirent la route traversant l'Irlande d'est en ouest pour rejoindre Galway et le Connemara ; deux cents kilomètres de route départementale les amenèrent dans une région aux somptueux paysages sauvages. D'immenses montagnes sombres dominaient de grandes éten-dues de landes rousses et des plaines vertes au milieu desquelles serpentaient d'innombrables lacs et torrents. Cette campagne était ponctuée, de ci, de là, par de nombreuses tourbières, où on pouvait voir travailler les paysans au ramassage et à la confection des briques de tourbe. En ce milieu de matinée, ils jouirent d'un spectacle merveilleux, propice aux brumes et brouillards fluc-tuants qui redessinaient sans cesse le tableau.

Puis ils descendirent en longeant la côte, Aaran Islands, pé-ninsule de Dingle, Killarney, en direction de Cork.

– L'Irlande, c'est terminé ! affirma Gunther, satisfait de son escapade.

– Oui, Adieu belle Eire, nous ne reviendrons pas ! entonna Adélaïde.

*

La suite de l'aventure se profilait, l'embarquement à l'aé-roport de Cork n'était qu'une formalité, le décalage horaire inexistant, le temps n'était qu'une notion.

C'était l'avantage de la formule ! Le voyagiste ne s'encom-brait pas de toutes ces subtilités, au grand soulagement de ses clients. Pour Gunther et Adélaïde, c'était important.

Célimène   14/09/2018   23 : 15

À :   Alex.@

Objet : Sur la pente douce de nos souvenirs

Cher Alex,

L'organisation mise en place est très impressionnante. Je suis sûre que c'est notre tante Adélaïde qui l'a élaborée, parce que Gunther, ce n'est pas trop son truc, je crois, la logistique !

Elle a pensé à tout : rends-toi compte, Alex, elle a prévu un majordome pour nous guider ; c'est lui qui dirige les opérations, qui nous informe, qui nous dit de combien de temps on dispose avant la suite du programme. Ça me rappelle les vacances qu'on passait tous ensemble, tu te souviens, Alex ? Quelques fois, on se serait cru sur un camp militaire. A ce moment-là, c'était notre tante Adé qui jouait le majordome, et il n'y avait qu'à bien se tenir. Il faut dire, la pauvre, qu'elle gardait tous les cousins pendant l'été... Ça faisait une ribambelle d'enfants à s'occuper ; combien on était ? Il y avait toi Alex, moi, Gaby et Galiana, plus tous les copains qu'on retrouvait tous les ans et qu'elle gardait à table chaque midi ! C'était un vrai sacerdoce pour notre tante, on se sentait si bien chez elle. Elle nous faisait des goûters fabuleux, et chaque jour une activité surprise pour nous faire plaisir. Et tu te rappelles les parties de pêche avec Gunther ? Il avait peur des poissons, il ne voulait jamais les décrocher de l'hameçon, c'était Adé qui était obligée de le faire ! Alors là, elle râlait la tante !

Enfin, bref, je m'étale sur la pente douce de nos souvenirs. Mais il faut quand même que je finisse de te raconter... Après l'Irlande, c'était l'heure du dîner, alors on a fait une nouvelle pause dans le déroulement du film ! Parce que c'est ça, Alex, on est là pour regarder le film des vacances d'Adélaïde et Gunther ! C'est très bizarre, parce qu'ils ne sont toujours pas là ! Moi qui pensais passer quelques jours en leur compagnie – comme tout le monde il me semble – je suis un peu déçue. Tu as peut-être bien fait de ne pas te déplacer, en fin de compte. Je ne suis même pas sûre que nous soyons encore tous là demain, car ça rouspète un peu dans les rangs ! Heureusement que l'intendance et l'alimentaire en retiendront quelques uns (mais non, je ne suis pas mauvaise langue, tu me connais !).

En tous cas, nos hébergeurs nous régalent, le repas était excellent et raffiné.

Après avoir passé l'après midi au « cinéma », la soirée s'est déroulée au salon ; quelques uns discutaient, quand nous nous sommes tous intéressés à John et Lucien, qui se chamaillaient au sujet d'un article de journal ; je ne sais pas depuis quand ils sont amis avec Gunt et Adé... mais je crois bien que je les ai toujours connus... et puis ça fait longtemps que j'ai un doute sur leur soi-disant lien de parenté, pas toi ? Ils disent qu'ils sont frères, mais j'ai déjà entendu Maman dire le contraire ; d'ailleurs elle m'a raconté, mais c'est loin et je ne me souviens plus très bien, que John et Lucien étaient ensemble, mais que... ils avaient raconté cette histoire de fraternité, avec la complicité d'Adélaïde, pour rassurer Gunther, au tout début qu'ils se sont connus ! Tu sais, Gunt, il est un peu braque quand il s'agit de mœurs. Il est rapidement mal à l'aise en présence de personnes un peu « différentes »... Et bien, ce petit mensonge, ou plutôt ce petit arrangement avec la vérité, fonctionne toujours, parait-il, puisque Gunther croit dur comme fer que John et Lucien sont effectivement frères. Notre tante Adélaïde aurait été une sacrée ambassadrice de paix, je t'assure ! En fait, les deux couples se sont fréquentés parce qu'ils étaient voisins, c'est ce que Galiana me disait, et puis ils ont continué à se voir, même quand les frangins ont déménagé ; il faut dire qu'ils ont rendu beaucoup de services à la famille, quand Gunt et Adé faisaient des travaux, par exemple ; ils ont souvent gardé les filles aussi, les samedis quand ils travaillaient au salon jusqu'à plus de vingt heures, les réveillons. C'est ce qu'on appelle les « amis de la famille », quoi !

Et moi, en petite peste que je suis, je te l'avoue, je me suis ris-

41

quée à leur demander ce soir s'ils étaient vraiment frères ! – ils avaient l'air tellement bien disposés... et puis on n'est plus des gosses qui n'osent pas poser les questions qui fâchent ! Et bien, ils m'ont répondu sans ambages qu'ils étaient frères depuis toujours. Ou presque. Mais que peu importait depuis quand ils l'étaient car, de toute façon, ils ne s'en souvenaient plus. Trop drôles, les vieux ; ils ont chacun 82 ans, et des poussières parait-il ! Mais, apparemment, c'est maintenant le cadet de leur souci ; ils disent aussi que s'ils ne sont qu'amis, anciens, ça leur est égal. Ils ont depuis peu une nouvelle passion, ces vieux bougres ; ils dévorent les pages « faits divers » des journaux. Pas les ragots dans la presse à scandale, non, eux, ce qu'ils aiment, c'est les histoires vraies, le vécu, les histoires des gens comme eux, pas forcément extraordinaires mais tout simplement authentiques. Ils se délectent ainsi de la vie des autres, et surtout de leurs malheurs.

Ce soir, ils nous ont raconté plein d'histoires, des marantes et des terribles : je crois bien qu'en plus ils en rajoutaient exprès pour faire de la provoc, tu sais comme ils aiment ça !

Célimène.

Avant de commencer, Lucien et John, attablés devant leurs feuilles de choux, cherchaient et repéraient les articles qu'ils allaient lire et surtout commenter, devant leur auditoire. Ils faisaient la paire, ces deux là, et on pouvait dire que leur « numéro » était bien rôdé. Leurs journaux n'étaient pas du jour, loin s'en faut ; et ça n'avait aucune importance à leurs yeux ; parce que de toute façon, ils allaient refaire le monde, à leur manière ; broder tout autour, en faire des tonnes ; et bien plus encore s'il le fallait, pour intéresser l'assemblée, et en tous cas, tenir en haleine toute leur petite famille.

Oui, oui, John et Lucien considéraient depuis longtemps maintenant, que cette famille était la leur, même s'ils n'avaient aucun lien sanguin les réunissant. Parce que quand ils faisaient le bilan, et bien, il n'y avait plus qu'Adélaïde, Gunther et toute leur smala autour d'eux ! Leurs parents respectifs leur avaient tourné le dos sans vergogne dès qu'ils avaient su... Il n'y avait bien qu'Adélaïde pour accepter, à l'époque, que deux énergumènes comme eux, gravitent dans son giron. Bien mieux, elle leur avait permis d'être accueillis comme des membres à part entière au sein de sa tribu. Et bien sûr, ils lui en seraient obligés éternellement. Elle avait commencé par leur faire confiance, il y a de cela fort longtemps – plus de trente ans – un jour où elle n'avait personne pour garder les filles ; mais comme ils étaient voisins, elle avait déjà pu se faire une opinion sur eux deux. Et elle n'avait pas eu peur, contrairement à beaucoup de gens à ce moment là, quand elle avait compris qu'ils étaient en couple. Mais elle les avait quand même présentés à Gunther comme deux frères, obligés de vivre ensemble par manque de moyens... Et puis, au fur et à mesure, ils avaient été invités pour les anniversaires des filles, et à toutes les fêtes familiales, et depuis aussi ils participaient à tous les séjours près du lac. Ils avaient été adoptés par ce clan, sans restriction ni demi-mesure. Et quand Lucien avait été malade, sa tuberculose avait bien demandé quelques précautions, mais pas plus que pour un autre malade. C'était ça une vraie famille, les liens tissés entres ses membres étaient plus forts que tout ! Et ils devaient cette appartenance à Adélaïde et Gunther.

Mais ce n'est pas cette reconnaissance qui les empêcherait de n'en faire qu'à leur tête ! Et là, pour l'heure, ce qu'ils voulaient à tout prix, c'était gagner l'intérêt de leur ouailles pour les distraire. John tournait les pages et passait un œil par-dessus, de temps en temps.

Il y avait Gaby qui discutait avec Célimène, assises juste à côté.

— Alors qu'est-ce que ça a donné ton entretien de la semaine dernière ? Tu l'as ce poste Gaby ?

— Non le DRH ne me recevra que la semaine prochaine, je dois encore attendre ! Mais mon profil les intéresse, ils m'ont appelée trois fois de suite pour me décaler le rendez-vous ; s'ils avaient pourvu le poste je crois que je n'aurais pas eu de nouvelles du tout ! »

Il y avait Célia qui suçait son pouce sur les genoux de sa mère-grand, lovées toutes les deux dans le grand fauteuil club en cuir du salon. Céleste avait ramené la bouilloire et distribué les tisanières en proposant tilleul, verveine, camomille.

— Mais on dirait que c'est l'heure de la tize, hein, John, t'en veux ?

Sans attendre de réponse car la connaissant d'avance, Lucien se leva et ramena à leur table la bouteille d'eau de vie à leur disposition dans le bar, en servit une rasade à son ami et avala la sienne cul-sec, s'en reversant une dose illico. Il fallait du carburant pour pimenter cette soirée !

— Ils auraient pu nous mettre dans la combine, t'es pas d'accord, Jo ?

— Si, mais comme ça, on profite de la surprise nous aussi... Allez, c'est toi qui commence, Luc, OK ? Tu as trouvé tes articles ? Dis-moi, vite fait, que je me prépare.

Ils peaufinèrent rapidement leur mise en scène ; c'était presque du théâtre, ou plutôt un show d'improvisation qu'ils allaient mener devant leurs spectateurs...

Lucien commença à lire sa presse tout haut, et les regards se tournèrent vers lui... C'était parti pour une série de sketches :

— « *Cambriolage : la maison fouillée de fond en comble.* »

— La cahutte cachait un trésor ? Les voleurs sont repartis avec ?

— Même pas ; il faut dire qu'ils n'ont pas eu beaucoup de temps ; la propriétaire s'est absentée moins d'une heure, le temps de quelques courses !

— Oh ! Les cons ! Y z'auraient dû préparer leur coup mieux k'ça ! C'était pas des pros, sinon, le trésor y l'auraient emmené, crois moi !

— Mais y avait pas de trésor, et t'as raison c'était pas des pros, des p'tits rigolos simplement ! Mais y z'ont foutu le boxon dans la baraque !

— Qu'est ce qui z'ont trouvé alors ?

— Ben Y z'ont tout bijouté, tiens !

— Ah ! C'est des bons quand même, y se sont emperlousés avec la ferblanterie !

La petite Célia, qui s'assoupissait quelques instants auparavant, avait ouvert les yeux, intriguée par le pilpoul entre les deux hommes :

— Dans quelle langue ils parlent, dis, Mère-grand ?

— Ne t'inquiète pas ma chérie, moi non plus, je ne comprends rien ! Ça doit être de l'argot.

— C'est quoi l'argot ?

— Une langue parallèle, ma chérie !

— Ah... c'est quoi parallèle, Mère-grand ?

— T'occupe !

La petite ravala son pouce et se blottit à nouveau dans les bras chaleureux, tandis que John décodait le billet suivant :

— Encore un cambriolage, mais cette fois, au supermarché, plusieurs milliers d'euros de préjudice, y disent !

— Y z'ont dû piquer tout le rayon électroménager, les grosses télés, les ordinateurs, et tout le toutim, c'est sûr !

— Et bien, écoute ça, tu vas rire ! « *Les cambrioleurs ne sont pas repartis les mains vides, bien que la scène ait été très brève. Mais les malfaiteurs savaient ce qu'ils voulaient ; à peine avaient-ils pénétré dans la grande surface qu'ils fonçaient au rayon alcool,*

46

pour vider littéralement les étagères, causant un préjudice, etc...
etc... »

– C'est pas possible ? Rien qu'en boutanches !? Y z'avaient la dalle en pente, nom d'un chien ! Je rigole, c'est vrai, mais surtout je les envie !

– Pas tant que ça ! Ces ânes bâtés se sont fait prendre complètement pionardés[5] sur le parking de la boutique ! Y z'ont pas pu attendre, les soiffards ! Y faut en tenir une couche quand même !

– C'est surtout qu'y d'vaient en t'nir une bonne !

Les deux hommes, qui venaient eux aussi de vider quelques verres, se gondolaient à grand bruit de la bêtise des escrocs dont ils racontaient la mésaventure. C'était au tour de Lucien de déballer le suivant.

– Tiens, écoute ça : « un enfant de 12 ans attaque violemment son camarade »

– Ah ? Ça se passe où ?

– Dans le village de vacances de Saint Guérin la Plaine, dans le Morvan. « *Le jeune garçon, préadolescent, habituellement taciturne, était en vacances avec sa famille, père, mère et sœur ; ils occupaient un bungalow grand confort niché à proximité du plan d'eau aménagé et des aires de jeu de la résidence de vacances* »

– Ah, oui, ya de belles photos dans ton canard ! Mais, dis-donc, ct'histoire prend toute la page ! C'est un sacré truc, ça, mon vieux : kc'éti don passé là-bas ?

– J'y viens, j'y viens ! Patience Bou Diou !

– ... !

---

5 Ivres, en argot

Gaby et Célimène s'étaient laissées prendre au jeu des lascars dont elles connaissaient l'esprit dévoyé ; de surcroît, après avoir constaté la baisse du niveau dans la bouteille de Williamine – il n'en restait plus que la moitié – elles voulaient suivre de près les racontars des deux briscards, qui promettaient d'être comiques... Elles s'impatientaient donc, elles aussi, avides de leurs bavardages et papotages.

– Alors qu'est-ce qu'il a branlé le môme ?

– Je te lis l'article : « *le jeune garçon a d'abord commencé par saccager le réfectoire où les jeunes s'étaient réunis pour une petite fête, organisée et supervisée par le club* ».

– Déjà y'avait pas les parents, alors tu peux être sûr qu'y z'ont picolé, y z'en ont profité !

– Arrête de m'interrompre, s'agaça Lucien. Je continue : « *apparemment très énervé, tenant des propos incohérents et vindicatifs, il a renversé plusieurs tables ainsi que tout ce qui se présentait devant lui à l'aide d'une batte de base-ball qu'il balançait de gauche à droite, dégommant tout sur son passage* ».

Les spectateurs suivaient l'histoire, sans broncher, de crainte de se faire rabrouer par l'un ou l'autre conteur.

– Oh, là, complètement barge le gosse !

– Ça y est, t'as fini tes commentaires ? ... « *Cela a même provoqué un début d'incendie – il y avait quelques bougies allumées – heureusement vite canalisé ; puis il s'en est pris à un animateur, l'insultant et le traitant de tous les noms d'oiseaux possibles et imaginables, et a fini par lui planter une fourchette dans la main qu'il avait appuyée au mur, tout en claquant le micro au sol, produisant alors comme une détonation* ».

– Ouille aïe aïe, alors là, c'est grave ! Qu'est-ce qui foutaient les parents ? Si ça s'trouve, y faisaient la fête de leur côté, y z'étaient pt-être même partis ailleurs, pt-être en boîte ? Va savoir !

— Peut-être, peut-être ! On sait pas encore ! Mais laisse-moi terminer ! Donc le gosse a planté sa fourchette dans la main du mec : là, « *tout s'est enchaîné très vite. L'énorme bruit et la vue du sang a paniqué les autres, sortis en raz de marée devant la discothèque. Beaucoup se sont dispersés en courant et ont rejoint leurs parents, qui, pour certains, alertés par le tapage, se rapprochaient du bâtiment. La police et les pompiers sont arrivés rapidement, et ont tenté, non sans mal, de maîtriser le jeune homme, qui délirait totalement* ».

— Eh ben, tu parles d'une histoire ! On s'demande vraiment ce que foutaient les parents ? Y z'ont pas vu leur gosse partir avec une batte de base-ball à la main ?

— Faut croire que non, sinon ils l'auraient sûrement retenu !

— J'te dis, y l'ont pas vu parce qu'y z'étaient pas là, y s'étaient barrés en laissant leur marmaille se démerder... Et après, qu'est ce qu'y devient le mouflet ?

— Alors y disent dans le journal que les docteurs y z'ont été obligés d'endormir le gosse au fusil comme pour les animaux, tellement il était agité et incontrôlable !

— Y aurait pas une histoire de chichon là-d'ssous ? Ça m'étonnerait pas ?

— Tu peux pas mieux dire ! Y soupçonnent le centre de vacances de faire du trafic, à travers le chef du club et les animateurs, tu t'rends compte !? Et y disent que le gosse était probablement en manque, ce qui l'aurait poussé à cet extrême !

— Incroyable !

– Et après, qu'est ce qu'y z'ont fait du lardon qui dormait ?

– Direction l'asile psy ! Un aller sans retour !

John et Lucien devisaient sur les faits et gestes des protagonistes de leur affaire et sur le devenir du jeune garçon ; ils en rajoutaient encore, et encore, pour amuser la galerie ; pendant ce temps, discrètement mais l'oreille tendue, Georges et Galiana rejoignaient le groupe au salon avec la petite Gina...

Célimène   15/09/2018   09 : 48

À :   Alex.@

Objet : Mini drame au salon

Cher Alex,

*Il m'a fallu toute la nuit pour me remettre de notre soirée !
Pareil pour Célia, j'ai eu du mal à la calmer ; elle a eu peur je
crois ; tous ces pleurs, tous ces cris, c'est choquant pour une
enfant. D'autant plus depuis que je me suis séparée de son père.
Malheureusement, Célia a assisté à des scènes de dispute entre
nous, qui ont dû lui revenir ; ça l'a bouleversée !*

*Hier, la soirée s'est donc terminée en mini drame. Nous
écoutions tous, religieusement, les commentaires des vieux
frères ; Galiana et Georges venaient juste de nous rejoindre ;
ils s'apprêtaient à siroter leur infusion du soir, avant d'aller
se coucher ; la petite Gina s'assoupissait sur les genoux de son
père. John et Lucien, eux, c'était pas de la tisane qu'ils ingurgi-
taient, tu t'en doutes, bien sûr ! Ils n'avaient pas fini de parler,
que, soudain, le drame a surgi – il me semblait bien que la
cousine faisait une drôle de tête – Galiana s'est levée d'un bond,
a stoppé Lucien en lui arrachant la gazette des mains, et en
l'incendiant :*

– Mais qu'est-ce que tu débagoules Lucien ? Comment
connaissez-vous cette histoire ? C'est maman qui n'a pas pu
s'empêcher, c'est ça ?

*En même temps qu'elle hurlait après Lucien, elle triturait
le journal dans tous les sens pour retrouver la page qu'il li-
sait. Après quelques instants, elle s'arrêta, stupéfaite, devant le
gros titre et la feuille entière consacrée. Les invectives redoublèrent et plus elle parlait, plus le ton montait :*

– T'as pas d'autres conneries à dire ? Et pour qui vous prenez-vous pour juger les gens, comme ça, sans rien savoir ? Votre journal c'est qu'un tissu de mensonges ! Vous êtes vraiment deux beaux salops ! Vous ne respectez donc rien ?

– Mais, pourquoi tu dis ça, Galiana ? balbutia Lucien qui, comme John, ne comprenait rien à ses reproches. Ils avaient l'air de tomber des nues !

Galiana, elle, gesticulait, en brandissant la feuille de chou, à la ronde, prenant tout le monde à témoin de ce qu'elle allait faire : elle déchira le tabloïd en essayant de jeter de toutes ses forces les bouts de papier qui ne faisaient que voler en l'air, l'enrageant encore plus. Une vraie hystérique !

– Espèces de salops ! Bande de vieux cons ! finit-elle par pleurer.

Je n'avais jamais vu Galiana dans cet état. Heureusement que Georges était là ; quand il a compris de quoi il s'agissait, il a déposé la petite dans un fauteuil où elle a continué à dormir, il a attrapé Galiana, l'a enveloppée tout doucement de ses bras, il l'a serrée très fort en chuchotant à ses oreilles ; je ne sais pas ce qu'il lui a dit, mais elle s'est apaisée tout en continuant de pleurer.

Georges nous a alors expliqué que le « fait divers » que John et Lucien venaient de relater, c'était leur histoire à eux, leur « vacance story »... C'est à la suite que leur fils a été hospitalisé en psychiatrie, où il se trouve toujours.

C'est donc lui qui a terminé l'histoire commencée...

« ...

C'est vrai que Gaylor a planté une fourchette dans la main de son animateur. Il était en pleine crise de nerf, dont personne ne connaissait les raisons. C'est pour ça qu'il a été hospitalisé, dans un service spécialisé pour adolescents, à Nevers. Nous, nous avons terminé les vacances dans une chambre d'hôtel, au plus proche de l'hôpital pour rester avec notre fils. Mais, en fin de compte, il nous était interdit de le voir, nous avions juste pu déposer quelques vêtements pour lui ; nous étions désœuvrés, nous ne servions à rien près de lui ; alors nous sommes retournés à Saint Guérin, au village de vacances, le surlendemain, pour essayer de découvrir ce qui avait poussé Gaylor à agir de la sorte, aussi gravement. Nous avons tenté aussi de rencontrer l'animateur blessé, mais ça nous a été impossible. Il avait été transporté dans un hôpital spécialisé dans la chirurgie de la main ; il a été opéré et on nous a simplement dit qu'il ne garderait pas de séquelles de l'agression. Ça nous a beaucoup soulagés.

Et puis, le gérant du club nous a parlé d'un journaliste qui traînait dans les parages depuis l'évènement, rôdant autour des vacanciers, surtout des enfants, pour les faire parler ou surprendre des conversations. En nous retournant, on s'est d'ailleurs aperçu qu'il n'était effectivement pas loin, faisant mine de rien, l'air intéressé par une affiche du panneau d'accueil à quelques mètres ; mais il a dû être très déçu, car à ce moment là, nous ne savions pas grand chose !

Mais pour répondre à vos interrogations concernant le trafic de haschich, pour ce qui est de la batte de base-ball que notre fils aurait utilisée, et aussi ce que, nous, les parents, faisions alors que nos enfants devaient s'amuser dans le réfectoire transformé en night-club pour un soir : et bien non, Gaylor n'était pas en manque, le psychiatre nous l'a assuré, il n'avait pas d'arme à la main, non plus, d'après la police ; la fourchette, il l'a trouvée sur place, il n'avait rien prémédité... Et nous, nous attendions minuit que la fête se termine pour aller récupérer notre fils à l'autre bout du village. C'est moi qui devais m'en charger. Nous, nous n'avons pas entendu le ramdam car notre case était trop loin ; c'est le directeur qui nous a téléphoné pour nous prévenir, et nous avons rappliqué aussitôt. La police a effectivement eu du mal à calmer Gaylor, mais il n'a pas été anesthésié au fusil, c'est n'importe quoi, les deux policiers présents ont fini par le maintenir assez rapidement en fin de compte. C'était impressionnant pour nous, car nous sommes arrivés à ce moment là, alors que notre fils se débattait et injuriait la force de l'ordre ; nous avons tenté de nous interposer, en vain, car la police nous en a empêchés, et nous avons assisté au ligotage de Gaylor sur le brancard. Ni Galiana ni moi n'avions jamais vu Gaylor dans un état pareil ; c'est là que nous avons compris qu'il n'était plus vraiment l'enfant que nous croyions...

Maintenant, nous savons qu'il a juste fait une crise d'angoisse, apparemment provoquée par des brimades, même pas personnelles et sans gravité, de l'animateur envers le groupe de jeunes. Les gosses se seraient un peu monté le bourrichon, et Gaylor aurait devancé ses camarades en agissant sur un coup de tête ; par la suite, le psychiatre nous a dit que notre fils se sentait persécuté par les moniteurs et en particulier par celui qu'il avait agressé ; Gaylor a également décrit des épisodes s'apparentant à des hallucinations, les jours précédents, qui l'auraient poussé à passer à l'acte. C'est ce qui est le plus inquiétant pour le médecin et pour nous aussi, c'est sûr... Voilà, c'est de notre famille dont vous parliez... »

Georges s'est excusé pour sa femme, et nous a expliqué qu'ils n'avaient jamais raconté tout cela à qui ce soit, sauf à Adélaïde et Gunther. Mais pas avec tous ces détails ! Ils se doutaient que le journaliste allait écrire n'importe quoi, mais à ce point, ils ne l'avaient pas imaginé. Alors, c'est sûr qu'ils ont été consternés d'entendre leur histoire, déformée, faire le buzz chez nous, dans leur propre famille !

Je les comprends, évidemment, mais nous ne savions pas

qu'ils étaient les acteurs principaux de cette affaire.

En tous cas, ça a refroidi les vieux frangins ; après s'être excusés platement de leurs palabres, ils ont rangé leurs canards ! Dommage, ça mettait un peu d'ambiance, en attendant...

Célimène.

Ce qui était vrai dans l'histoire que John et Lucien avaient racontée, c'est que Galiana et Georges étaient très inquiets pour leur fils. Dans les semaines précédant leurs vacances, ils avaient remarqué, chacun leur tour, les comportements étranges de Gaylor et ses nombreux cauchemars. Ils avaient mis cette passe désagréable sur le compte de l'adolescence qui se profilait, Gaylor avait douze ans et commençait à changer. Ils avaient cru aussi que sa première année de collège l'avait fatigué ; et c'est vrai, cette étape dans la vie d'un enfant est difficile, il faut atteindre l'indépendance de travail, de réflexion et s'y tenir, alors qu'à cet âge l'enfant est encore « un bébé » qui se retrouve noyé dans l'océan des classes supérieures adolescentes...

C'était là toute la réflexion de Galiana, en mère attentive, cherchant des explications rationnelles aux problèmes rencontrés par sa progéniture. Elle avait toujours essayé de reproduire avec ses enfants ce que ses propres parents avaient fait pour elle et sa sœur. C'était difficile, parce que bien sûr, il n'y avait pas de mode d'emploi ; c'était une attitude, une façon d'être et de penser qui positivaient tout ce que l'enfant produisait pour lui permettre de grandir et d'expérimenter d'autres activités, avec d'autres procédures, pour passer de péripéties en agissements et se créer ainsi ses propres valeurs.

Enfin, tout cela était bien beau, mais purement philosophique ; car à présent, Galiana se sentait bien démunie et avec la sensation d'avoir raté quelque chose. Et si leur propre fils, LEUR Gaylor, se retrouvait vraiment atteint d'une maladie psychiatrique ? Chez les fous quoi ! Non, ce n'était pas possible, ils n'avaient jamais soupçonné la moindre éventualité de ce genre, non !

C'était peut-être leur travail, trop prenant ; elle se reprochait souvent de rentrer trop tard, de ne pas être présente auprès de ses enfants dans les moments clés de leur existence, déléguant ainsi son autorité à une tierce personne, aux instants où ils avaient justement besoin du guide que représentaient les parents...

Mais, non, c'est complètement débile ! Ses parents à elle n'étaient pas souvent disponibles, non plus ; ils avaient un travail prenant eux aussi, le salon de coiffure, c'était quelque chose ! Galiana se rappelait les retours d'école, le goûter pris au milieu des clientes, toutes ces vieilles biques avec leurs bigoudis sur la tête... mon Dieu qu'elles étaient moches ; Gunther, son père, aurait tout aussi bien pu être barbier, parce qu'elles piquaient dru les mémés ! Mais ce n'était pas le propos ; non, la présence des parents était importante, mais ce n'était pas la quantité mais bien la qualité de la présence qui comptait. Gaby et elle en avaient bénéficié dans leur enfance, et elle osait bien revendiquer cette même qualité, autant de la part de Georges que d'elle-même. Oui, ça, elle en était certaine !

Mais malgré tout, cet évènement négatif au sein de leur famille, remettait tout en cause, tout leur fonctionnement, qu'elle le veuille ou non ; même Georges était atteint par le doute et ils avaient commencé à envisager de lever le pied professionnellement ; ils ne savaient pas encore comment ni quand, mais ils étaient conscients de l'urgente nécessité d'un retour en arrière pour rétablir la situation telle qu'ils la souhaitaient. Comme s'il suffisait d'un petit rétropédalage pour effacer le présent psychiatrique de leur fils.

Célimène   15/09/2018   19 : 23

À :   Alex.@

Objet : Zigzag

Cher Alexandre,

La journée a été riche et très agréable. Nous n'avons toujours pas vu Adélaïde ni Gunther. Mais par contre, nous avons poursuivi le visionnage de leur travelling.

J'ai bien rigolé en voyant le périple qu'ils ont effectué : d'abord l'Irlande au nord, puis les voilà partis au sud, à Venise ; et à l'ouest, rien de nouveau ? Si, si !

Je ne sais pas quel tour opérateur ils ont choisi, mais sa logique de trajectoire est plutôt bizarre ! Je te laisse te faire ta propre opinion. N'empêche, ça à dû leur coûter cher un itinéraire en zigzag comme celui-là !

Allez, top départ.

Venise Romance nostalgique

Gunt et Adé s'étaient fait plaisir, et ils avaient choisi, ensemble, leurs destinations de rêve. Libérés des contraintes du temps, ils avaient choisi de voyager, cette fois, en cargo jusqu'à Venise.

*

Ils étaient en partance sur le Palermo, porte-conteneurs à pavillon italien, qui les mènerait jusqu'aux portes de la Sérénissime ; ils n'avaient pas souhaité débarquer dans la lagune, connaissant parfaitement le litige opposant les vénitiens et leurs amis aux lobbyings croisiéristes, accusés de détruire la cité lacustre avec leurs gros paquebots au ras des berges. Ils arriveraient donc à Venise par les airs, débarquant de l'hélicoptère de tourisme, avec sa cabine XXL peinte en rouge, affrété spécialement pour eux par leur voyagiste. Arrivés sur le Grand Canal, ils emprunteraient un motoscafo, élégant et célèbre bateau-taxi reluisant de bois verni.

La seule vocation de leur virée vénitienne était le café Florian. Ils avaient déjà visité Venise dans leur jeune temps, cela avait été l'unique voyage de leur vie, effectué à l'occasion de leurs noces, et Gunther avait promis qu'ils y reviendraient. Ils en gardaient un souvenir intact, mais ils souhaitaient absolument revivre les moments passés à la terrasse de ce café si célèbre, à boire leur chocolat chaud, ou déguster une glace.

— Te souviens-tu, Gunther, de tous ces petits salons ? Nous n'avions pas pu nous asseoir à toutes les tables, et pourtant on aurait bien voulu !

— Oui, je me souviens très bien…

— Nous passions des heures à l'intérieur ; un vrai petit bijou, où l'on s'assoit dans de petites alcôves aux murs dorés et brillants de miroirs ovales, tapissés de médaillons aux portraits allégoriques !

— Oh ! Oui et du côté de la place, une vitrine qui permet d'être vu de l'extérieur comme de surveiller le campanile ou la basilique Saint Marc. Sublimissime !

— C'étaient des moments délicieux, n'est-ce pas… sur la terrasse, qu'est ce que c'était romantique cet orchestre qui jouait de la musique de chambre ! Nous étions enivrés de l'atmosphère qui régnait tout autour.

— C'est exactement ça, oui, enivrés que nous étions ! On ressentait l'atmosphère empreinte du passage de tant de célèbres personnages, qui ont flâné ici, se sont assis à ces tables pour écrire leur prose…

— C'est vraiment un lieu fantastique qui n'a jamais failli à sa réputation…

— Depuis sa création… c'était quand déjà ?

— Au dix huitième siècle !

— C'est resté un endroit merveilleux qui a su garder son authenticité.

« ... Le café Florian est à Venise une indéfinissable institution. Les négociants y font leurs affaires, et les avocats y donnent des rendez-vous pour y traiter leurs consultations les plus épineuses. Florian est tout à la fois une Bourse, un foyer de théâtre, un cabinet de lecture, un club, un confessionnal, et convient si bien à la simplicité des affaires du pays, que certaines femmes vénitiennes ignorent complètement le genre d'occupations de leurs maris, car s'ils ont une lettre à faire, ils vont l'écrire à ce café.

Naturellement les espions abondent à Florian, mais leur présence aiguise le génie vénitien, qui peut dans ce lieu exercer cette prudence autrefois si célèbre. Beaucoup de personnes passent toute leur journée à Florian ; enfin Florian est un tel besoin pour certaines gens, que pendant les entr'actes, ils quittent la loge de leurs amies pour y faire un tour et savoir ce qui s'y dit.[6] »

Ils y dégustaient leur dernière crème glacée à la vanille réchauffée d'un café capuccino, lorsqu'ils aperçurent une jeune femme, d'allure typiquement italienne, c'est-à-dire brune, belle et pulpeuse, qui installait son atelier de peinture ambulant.

– As-tu remarqué Gunther, cette artiste qui monte sa fabrique presque sur la terrasse du Florian ?

– Bien sûr, Adé, je ne suis pas aveugle ! C'est une bien jolie personne, n'est-ce pas ?

– Effectivement, elle « a du chien ». Mais que va-t-elle faire, au beau milieu de la place, avec sa boutique, tu crois ?

– Viens, on va voir de plus près ce qu'elle usine la demoiselle, tu veux ? demanda Gunther.

---

6   Honoré de Balzac dans son roman Massimilia Doni en disait cela

Ils avalèrent goulûment leur gourmandise et quittèrent le café pour s'approcher de l'éventaire de la belle italienne. Elle avait les traits ronds et pleins d'un visage serein, des yeux noirs profonds autant que sa toison de sauvageonne ; marquant sa taille menue et pigeonnant son buste fier, sa blouse grisâtre était tachée de colle et de vernis qui raidissaient le tissu sur ses hanches et des giclées de gouache avaient éclaboussé son tablier.

— Buongiorno signorina, tenta Gunther en direction de la belle dans un italien approximatif.

— Buongiorno signore, répondit aussitôt la bachelette.

— Ah, tu vois Adé, elle m'a compris, elle a compris ce que je lui ai dit, tu vois que je ne suis pas si nul en langues étrangères !

— Encore heureux, Gunther, que tu arrives à dire bonjour, même en italien ! Depuis le temps que j'essaye de te faire retenir les formules de politesse des pays limitrophes !

— Oh, tu pourrais au moins avoir l'air admiratif ! Ça m'encouragerait !

— Po po po po po, inutile de jouer à cela, bonjour au revoir, c'est la moindre des choses que tu le saches, même en italien, je suis désolée de te le dire !

— Bon bon d'accord... mais moi, je suis très fier de moi, de m'être rappelé de ces mots là, dans cette langue là, et c'est tout ! Nan mais !

Gunther ne plaisantait pas, il était effectivement très fier d'avoir pu lier la conversation avec une étrangère, lui, Gunther Queroy ! C'était bien la première fois que ça lui arrivait ! Alors qu'il se congratulait lui-même, la jeune italienne s'adressa à eux :

— Madame, Monsieur, voulez-vous assister à la fabrication d'un masque de carnaval, là, sur cette table ?

– Mais vous parlez parfaitement français, mademoiselle ?

– Oui Monsieur, et vous parlez très bien italien aussi, Monsieur. Je m'appelle Giovanna et je crée des costumes pour le carnaval de Venise. Je vous fais une démonstration ?

Avec l'air déçu spécialement pris devant Adélaïde, Gunther était en réalité soulagé de pouvoir converser avec l'artiste dans sa langue maternelle ; ce serait plus compréhensible pour lui et d'une certaine manière pour Adé également.

– Oui, je serais curieuse de voir comment vous faites...

– Alors le masque que je vais réaliser spécialement pour vous sera en papier mâché. C'est la matière idéale pour travailler en extérieur, car il n'y a pas besoin de cuisson. Il va simplement sécher sur son empreinte, alors que je le revêtirai de tous ses atours.

En même temps, Giovanna déployait tout son talent pour façonner une sorte de « loup » dans une pâte grise et humide qu'elle étalait sur sa forme à papier. Pour accélérer le séchage, elle actionna un sèche-cheveux et on pouvait voir le gris du moulage s'éclaircir au fur et à mesure que l'eau s'en évaporait. Quand il fut sec, elle le présenta au couple qui s'étonna de voir apparaitre le haut d'une figure volatile, avec son bec crochu, ses yeux exorbités et sa crête au-dessus. Il ne manquait que les plumes. Vint alors le moment de la décoration. Elle appliqua une peinture aérosol beige doré sur l'ensemble, puis avec une navette à bout fin, elle déposa tout autour du vide des yeux, sur tout le pourtour aussi, près du bec proéminent et sur les joues de l'animal, des arabesques dorées en relief, ce qui donna aussitôt un style raffiné et carnavalesque au visage de carton. Une touche de vernis pour patiner l'ensemble, et le masque était terminé.

– Je dois le laisser sécher maintenant. Voici mon adresse, vous pourrez le récupérer ce soir à la boutique.

Giovanna leur avait tendu une carte de visite présentant son atelier de déguisements. Il se trouvait à quelques pas de la place San Marco, dans les ruelles attenantes.

– Nous sommes désolés, mais nous ne pourrons pas venir le chercher, nous embarquons pour la suite de notre voyage dans quelques minutes.

– Dommage, c'était cadeau ! répondit Giovanna, navrée, qui avait tant apprécié l'attention sincère et généreuse de ces deux personnes ; elle aurait voulu leur offrir ce petit souvenir.

– Merci quand même et vraiment beaucoup pour la démonstration.

Adélaïde déposa un baiser sur sa main et souffla dessus pour l'envoyer jusque la belle créatrice, et Gunther en fit autant.

Avant de partir, ils dévalèrent les ruelles vénitiennes en quête de leurs souvenirs de jeunesse, à leur âge avançant. Sans l'avoir cherché, ils trouvèrent le magasin de Giovanna, y pénétrèrent et purent admirer ses créations. La vendeuse époussetait les articles exposés.

– Puis-je vous aider Madame, Monsieur ?

– Oh, non, nous regardons simplement... Nous venons de rencontrer Giovanna alors qu'elle s'installait sur la place San Marco pour faire une démonstration de ses talents.

– Ah, très bien. Elle vous a peut-être préparé la copie d'une de ces pièces ? demanda la vendeuse en montrant tous les masques présentés dans l'atelier. Il y en avait de toutes sortes, animaux fabuleux, personnages historiques, emblématiques de la « comedia dell arte ».

Tant et si bien qu'Adélaïde et Gunther ne purent résister et achetèrent la vingtaine de loups affichés dans la vitrine.

– Tu es folle, Adé, on ne peut pas acheter quoi que ce soit. Si ça se trouve, ça va nous bloquer et on ne pourra pas poursuivre notre voyage.

– On les laissera à l'aéroport, si c'est comme ça, et puis c'est tout ! Ils sont tellement beaux et mystérieux, dommage qu'on ne soit pas en février, on aurait pu assister au carnaval de Venise…

Gunther était inquiet que leur périple s'arrête net ici, mais Adélaïde n'en avait cure !

Puis, sachant l'heure du départ toute proche, ils saluèrent la Sérénissime d'une révérence devant la basilique.

– Addio mia Bella ! crièrent-ils d'une seule voix levant leurs bras au ciel.

– On arrive à la fin, hein, Adé, tu es toujours partante ?

– Oh ! Que oui, mon Gunther ! Tant que nous restons ensemble, c'est l'essentiel pour moi

– Pour moi aussi, Adé, jusqu'au bout !

*

Le temps maintenant comptait : 24 heures dans la vie d'un homme ou d'une femme, c'était peu, et pourtant c'était beaucoup.

Célimène   15/09/2018   21 :30

À :   Alex.@

Objet : Woodstock !

Cher Alex,

Ça nous a fait rêver Venise, même si Adélaïde et Gunther n'ont pas cédé à l'appel des gondoles !

En tous cas, nous on va planer maintenant, car John est venu avec sa collection musicale des années soixante ; nous allons souper sur des airs du fameux festival de musique américain ; Jim Morrison, Joe Cocker et Joan Baez...

Juste après le dessert, à l'unisson, nous avons tous chanté : « we shall overco...oome, we shall overco...oome », et plein d'autres... C'était émouvant ce chœur vaillant que nous formions.

Love and Peace, my brother ! Tu nous manques Alexandre ! Non, non, je n'ai rien pris, je suis « clean », je t'assure !

Allez, on part pour les « States » ?

Célim

L'Amérique, l'Amérique !

A présent, le vol de Gunther et Adélaïde était direct pour San Francisco !

Le temps de profiter du décollage et de l'atterrissage, sensations fortes inratables, ils foulaient le sol californien, ils accédaient au « rêve américain » dont ils avaient tant entendu parler.

Sans perdre une minute, ils partirent à l'assaut des rues San Franciscaines. Pour ça, il y en avait des kilomètres à parcourir ! Adélaïde voulait à tout prix voir « the fog city », regarder le brouillard monter doucement dans les quartiers ouest de la ville. Mais arrivés au sommet de la rue qu'ils arpentaient, Gunther n'en pouvait plus :

— Adélaïde, tu vois ce que je vois : Frisco n'est pas une ville, ce sont des montagnes russes ! C'est trop dur, je ne peux plus avancer !

— Tu as raison, c'est très impressionnant cette rue qui n'en finit pas de monter et descendre. On se croirait dans le film « Bullit », il manque juste la course poursuite en Mustang, hein Gunt ?

Puis, apercevant le « cable-car », ils coururent jusqu'à l'arrêt tout proche, et montèrent à bord ;

– Ouf ! Ça me soulage de m'asseoir enfin !

– Oh ! Regarde Gunther, qu'est-ce qu'elles sont belles ces maisons qui bordent les rues ! Ça ressemble vraiment à ce qu'on voit dans les films américains ! Ça me fait un drôle d'effet de voir tout ça en vrai, c'est comme si on était rentrés dans le film !

Adélaïde n'arrêtait pas de s'extasier devant ce décor pittoresque, avec ses demeures victoriennes bien alignées. Les gens montaient dans le tram, comme s'ils attrapaient le bus à Paris, puis en descendaient de la même manière, presque en marche ; sauf que là, on n'était pas à Paris, rien à voir ; les rues étaient bien plus larges pour la plupart, bien plus grandioses. Sauf aussi que, malgré sa taille immense, la ville n'était pas défigurée par des constructions anarchiques. Non, SF était restée à taille humaine, on pouvait y respirer à plein poumons, sans se sentir asphyxié ! Quelle sensation incroyable ! Cette ville, à l'image de l'Amérique, avait quelque chose de fantastique, avec sa riche et belle architecture.

– Je ne suis pas déçue du tout. J'avais un peu peur de l'être, mais je retrouve exactement ce que j'attendais, mais en plus puissant !

– Pareil ! répondit Gunther, je n'avais d'autre vision que celle du cinéma, et je ne pensais pas voir cela, aussi grand ! On a bien fait de choisir cette destination parmi tous les états d'Amérique, hein, Adé ?

– C'est sûr ! On est des chefs en matière de voyage ! rigola-t-elle.

Ils avaient parcouru le plus de distance possible en « cab-car » puis étaient descendus à leur tour pour rejoindre leur hôtel ; ils l'avaient choisi pour sa vue sur la baie de San Francisco d'un côté, et sur le Golden Gate Bridge de l'autre. La vue était dégagée, et s'ils laissaient libre cours à leur imagination, ils pouvaient apercevoir les prisonniers sur l'ile aux Pélicans, Alcatraz, une légende.

— Tu imagines un peu, tous ces bagnards qui ne rêvaient que d'apercevoir la terre, San Francisco, lorsqu'ils avaient plongé pour s'évader ?

— Combien y en a-t-il qui y sont parvenus ? ... « ... » « ... » Aucun n'a pu retrouver sa liberté, je crois bien, la mer est tellement mauvaise entre l'ile et le continent ! et je crois qu'ils se sont toujours fait rattraper, quand ils ne se faisaient pas tuer !

— En même temps, ils l'avaient bien cherché, non ?

— Ben, tu sais, la justice à cette époque, c'était plus expéditif que maintenant ! en Amérique, en plus, c'était encore pire, comme maintenant d'ailleurs, les droits des citoyens y sont beaucoup moins bien protégés que chez nous ! Il y a des gens qui étaient emprisonnés à tort, tu te rends compte ? Brrr..... Et quand tu arrivais dans un endroit pareil, ça devait être difficile d'en sortir... sauf les pieds devant ! rajouta-t-elle en riant.

— Ah ! Ça te fait rire ! Tu n'as pas de cœur !

Ils traînaient sur Marina Boulevard, complètement dépaysés ; ils étaient au bout de la ville, à la mer ; de jeunes gens, garçons et filles, glissaient sur leurs rollers en longeant la côte, la plage de sable fin à leurs pieds, et en point de mire Alcatraz dans un sens, ou le pont rouge dans l'autre ; tout cela avec le centre ville en toile de fond ! Quel spectacle !

Après avoir pris possession de leur chambre, ils louèrent un gros pickup et partirent à la conquête de l'ouest San franciscain ; ils y traversèrent le Golden Gate Park, le plus vaste parc de Frisco, et vraiment le plus complet ; ils n'avaient pas le temps de tout voir, mais ils auraient pu y visiter l'aquarium et le planétarium, ainsi que le musée d'histoire naturelle réputé pour être parmi les plus grands au monde ! Ils le survolèrent malgré tout et qualifièrent ce qu'ils virent d' « Absolutely Fabulous » !

Leur Américan'tour les conduisit ensuite dans le quartier d'Haight Ashbury, dont la réputation n'était plus à faire ; dans les pas de Janis Joplin, là où elle avait chanté, là où elle avait respiré et certainement même, là où elle avait «gratté sa guitare pour la première fois», le refuge des hippies ! La nostalgie les prit aux tripes, embarqués avec l'artiste dans leurs souvenirs musicaux :

– Te rappelles-tu de « summertime » ?

– Oh ! Yes ! C'était une reprise, mais magnifiquement faite par Joplin ?

– Quelle interprète, n'est-ce pas ?

Ils entonnèrent la mélodie qui n'avait rien de vraiment rock, mais dont ils gardaient une mémoire auditive intacte, tellement l'interprétation qu'en avait faite Janis Joplin les avait émus à l'époque.

– Ce serait maintenant, on n'y prêterait même pas attention, c'est devenu tellement plus banal aujourd'hui !

– Oui, mais ça me donne des frissons quand même, quand je repense à cette petite ! Elle est morte bien jeune ! Elle a participé à la fondation du club des 27.

– Hum ! Et « turtle blues » ? Tu te souviens ?

– Oui ! Je me souviens... le blues !

Adélaïde était pensive, le regard fixé sur l'autre trottoir ; une petite échoppe de rien du tout vue de l'extérieur, sauf qu'à l'enseigne on pouvait lire « tatoo » avec un portrait de Janis Joplin, tatouée d'un cœur rouge sur le sein gauche. « Je me ferais bien tatouer ce petit cœur de Janis au même endroit, hein Gunther, qu'est-ce que tu en dis ? »

– Elle est devenue folle ! s'esclaffa-t-il. Je te rappelle, si tu as déjà oublié, qu'on ne ramène rien, ni souvenir, ni photo, ni même un tatouage, ma poule !

Il souriait à l'extravagance de sa femme.

– Ah ! C'est vrai, j'avais oublié, je m'y croyais ! Bon tant pis alors ! Je n'aurais donc jamais de tatouage !

Gunther lui serra la main longuement, et l'attira à lui pour l'enlacer affectueusement.

– Ce n'est pas grave, Adé, ça ne sert à rien de toute façon ! Et puis c'est douloureux non ?

– Eh ! bien, je ne sais pas, justement ! soupira Adélaïde ; puis elle reprit : « mais ne t'en fais pas mon amour, ça va, ça va, je ne regrette... puis pour dissiper tout malentendu : « allez, on continue ! J'ai envie d'entrer malgré tout ! Tu viens ?

– Si tu y tiens...

Ils entrèrent dans l'antre du tatoueur, un repaire de flacons multicolores, d'aiguilles érigées sur présentoirs, de photos en tous genres ; parmi celles-ci, des hauts de postérieurs rebondis, des décolletés pigeonnant, des bras musclés... ou tout flasques, des chevilles dans de beaux escarpins ; avec toutes un dénominateur commun : un tatouage en cours de réalisation, ou bien terminé, c'est selon, avec des formes diverses d'objets, d'animaux, de lettres ou de rien du tout.

– Mais c'est de la folie ! C'est vous qui avez commis tous ces dessins ? s'adressa-t-elle, de son meilleur anglais, au gros barbu qui tenait la boutique.

– Yeh, of course !

– Tiens ! Il t'a comprise ! rajouta Gunther, ironique.

– Pfutt ! Pfutt ! siffla-t-elle en lui faisant signe de se taire.

La conversation n'était pas aisée, mais Adélaïde était tenace et elle voulait en savoir plus. Elle continua dans la langue de Shakespeare « outre atlantique », comme elle put.

– Faites-vous encore des cœurs sur les seins des dames, comme on le voit sur votre enseigne ?

Le tatoueur devait être un motard, genre mauvais garçon sur la route 66. Parce que sa moto s'étalait de tous ses chromes, au seuil du commerce. C'était un grand bonhomme, gros, barbu, et bien sûr tatoué de partout, les bras recouverts de lianes et de fleurs, une tête de mort qu'on devinait sur le thorax et qui dépassait de son marcel, des têtes de serpent qui remontaient de son dos vers sa nuque pour essayer de s'entortiller à sa crinière rousse ! Un sacré numéro, ce gars là ! Pas loin des soixante berges, oh oui !

– Pourquoi ? Vous en voulez un ? Vous aimez Janis Joplin ?

– Oui, nous adorions l'écouter lorsque nous étions jeunes, c'était notre époque, les beatniks, les hippies, Woodstock, enfin tout cela est loin maintenant !

– Pas du tout, ma p'tite dame ! Tiens ce soir, elle chante au Winterland ! Venez, vous ne serez pas déçus du déplacement !

–Oh ! Qu'est ce que vous racontez ? Janis Joplin est morte depuis longtemps !

– Bien sûr, mais c'est son sosie qui chante à sa place ! répondit-il sur un ton d'évidence.

– Mais on n'est pas d'ici, on ne sait pas où se trouve le Winterland !

– Ah ! « ... » « ... » C'est pas compliqué ... Tiens ! Vous revenez ici pour dix-neuf heures, comme ça vous m'aiderez et après je vous emmène, OK ?

Gunther et Adélaïde se regardèrent quelques secondes, et acquiescèrent en même temps !

– OK ! Boy ! mimèrent-ils à l'américaine.

Ils s'étaient pris au jeu de ce gaillard bourru mais sympathique. Comme ils ne connaissaient pas son nom, ils décidèrent que Bob lui allait bien et c'est ainsi qu'ils le nommèrent, sans état d'âme.

Mais pour l'instant, leur périple n'était pas terminé, ils avaient encore beaucoup à voir à Frisco et pour Gunther, cela tenait presque du sacerdoce. Adélaïde, elle, appelait plutôt cela « la gourmandise de savoir ». Après en avoir débattu brièvement, il s'avérait que Gunther se disait fatigué, mais qu'Adélaïde était gourmande. Ils regagnèrent donc le pickup garé tout près, et s'engagèrent vers les collines jumelles au sud de SF. Là, ils gravirent la dernière partie du dénivelé à pieds, encore une fois exténués tout là haut : trois cents mètres était le point où culminait le belvédère. Gunther se mit à lire à voix haute sur le panneau indicateur :

– Sais-tu comment les espagnols ont surnommé ces deux collines ?

– Non, vas-y, dis.

– « Les seins de la jeune indienne ».

– Ah ? C'était une géante ! suggéra Adélaïde. Tiens regarde un peu ce magnifique point de vue sur la baie, ça valait encore le coup de se fatiguer un peu, hein ? Gunt ?

Mais Gunther ne regardait plus, il avait déjà fait demi-tour, et Adélaïde en fit autant, pressentant qu'il ne fallait quand même pas en rajouter. Au volant de leur monstre à quatre roues, ils longèrent les fresques murales de Mission, puis traversèrent Chinatown, pour se retrouver à Filbert street. Gunt ne savait pas vraiment pourquoi, mais sa femme avait décidé que c'était là qu'elle voulait être, elle voulait monter et descendre les fameux escaliers de bois serpentant au milieu des beaux jardins odorants et des maisons en pin qui s'ouvraient sur la baie.

— Le rêve de vivre à cet endroit !

— Oui ça aurait été bien de pouvoir passer nos vieux jours dans un lieu pareil... Mais, là, c'est foutu, ma poule !

Ils se regardèrent, s'approchèrent, et s'embrassèrent comme jamais ils ne s'étaient embrassés ; leurs bouches, sans parler, émettaient intensément leurs sentiments par ondes salivaires et par fluide lingual ; un frisson gargantuesque s'empara de leurs corps, qu'ils posèrent doucement à l'abri d'un arbre parasol. Leurs mains et leurs bras s'étreignaient de toutes leurs forces. Puis, rassasiés après ce câlin improvisé, ils décidèrent de rebrousser chemin pour revenir vers Bob, qui devait les attendre.

Le pickup fonçait maintenant vers Haight Ashbury, s'envoyant en l'air à chaque sommet des grandes avenues, pour ricocher dans un bruit de ferraille infernal. Adélaïde riait aux éclats, à chaque retombée, bringuebalée sur son siège. Le retour fut rapide, et ils entrèrent dans le magasin du tatoueur, juste avant sa fermeture.

— Ah ! My friends ! Come in, come in ! Vous allez m'aider à m'habiller.

Hésitants, Gunt et Adé suivirent Bob sans savoir vraiment ce qu'il attendait d'eux. Et là, ce fut la surprise du jour lorsqu'ils pénétrèrent dans l'arrière boutique, véritable succursale costumière des sixties ; en effet, les quatre murs étaient bardés de tringles à roulettes sur lesquelles pendaient des dizaines de vêtements, des robes longues, des perruques, des accessoires de toutes sortes, lunettes, sacs à mains ou bandoulières. Une vraie caverne d'Ali Baba pour Adélaïde, qui commença par fouiller les penderies, à la recherche de fanfreluches si c'était possible.

— Mais arrête donc de fouiller comme ça ! Tu sais que cela ne se fait pas, non ?

— Mais si, allez-y ! Au contraire, il y a tellement de frusques ici, que vous allez bien trouver votre bonheur !

— Mais je ne cherche rien, vous savez, répondit Adélaïde, je suis juste un peu curieuse !

Elle continuait à farfouiller dans la garde robe de Bob, et s'enquit :

— C'est à vous tous ces habits « féminins » ? Elle prononça ce dernier mot tout doucement comme pour éviter d'être indiscrète, mais Bob renchérit :

— Oui c'est à moi, enfin, en tous cas, c'est moi qui les porte, toutes ces fringues ! Il parlait fort, sans gêne aucune. « Ça vous étonne qu'un gros bonhomme comme moi affectionne ce genre d'accoutrement ? C'est vrai que je n'ai rien de bien féminin, mais attendez un peu, vous allez voir ! »

Il se faufila entre eux, attrapant au passage quelques guenilles et s'enferma dans la cabine à côté. Les sapes qu'il enlevait une à une s'entassèrent alors à cheval sur la porte battante, et à grands bruits de froissement de brocart et de cotonnade, le couple devina qu'il était en train de se travestir... oui, mais pourquoi ? Et en quoi ? Ils s'interrogeaient et ils eurent leurs réponses dans la minute où Bob se posta devant eux. Il avait enfilé une robe de coton gris clair à petites fleurs, une chevelure longue et ondulée châtain clair qui lui couvrait presque tout le visage, faisant oublier sa barbe, et surtout il avait chaussé des lunettes en écaille immenses, un peu rondes et en amande; le tableau était bluffant !

– Oh ! Janis, c'est vous ? Adélaïde en était toute émue, prête à croire au retour de son idole d'antan.

– Ça suffit Adé, tu vois bien que c'est Bob !

Gunther venait d'avoir un petit accès de panique à l'idée que son Adélaïde perde la tête si vite ! A sa remontrance, elle sourit malicieusement et se blottit dans les bras de son époux.

– Bien ! Maintenant que vous connaissez mon secret, vous allez m'aider à fermer ma robe, et Adélaïde, s'il vous plait, à me grimer ?

– Avec plaisir Bob !

Il fut rapidement établi qu'Adélaïde avait raté sa vocation de maquilleuse de stars, et que Bob était le portrait craché de Janis Joplin ! Il les embarqua à bord de sa Chevrolet Bel Air, garée à la suite de sa moto, après deux heures de préparatifs, jusqu'au Winterland Bar. A l'intérieur, un décor des sixties-seventies et un podium où des musiciens répétaient en attendant Bob. Les tables étaient prises, la salle était comble, et les applaudissements retentirent lorsqu'il monta sur scène. Ils redoublèrent lorsqu'il entonna les succès de Janis Joplin, l'imitant à la perfection. Il reproduisait avec talent la voix éraillée de la chanteuse.

– On s'y croirait, c'est fou comme il nous faut peu de choses pour rêver ! s'exclama Adélaïde.

– C'est épatant une telle transformation !

Ils se laissèrent transporter dans leurs années d'insouciance et rêvèrent ainsi jusqu'à la fin du spectacle donné par leur ami d'un jour. Lorsqu'ils voulurent remercier Bob de ce bon moment, ils ne purent que lui faire signe de loin, tellement les « fans » l'accaparaient. Ils le saluèrent ainsi et repartirent jusque leur hôtel pour la nuit.

Au lendemain, il faisait toujours un temps magnifique : normal, ils avaient commandé le soleil pour leur voyage, alors bien sûr, il était de la partie...

*

– Et bien, ma poule, c'est terminé la Californie ! Et San Francisco avec !

– Oui, on peut dire « au revoir SF, adieu City Fog, bye bye Frisco, et certainement à jamais The city by the bay » !

– Cela fait beaucoup de surnoms pour une seule ville !

– Oui, mais c'est parce qu'elle est tellement grande et qu'elle peut être si différente d'un bout à l'autre !

Célimène   15/09/2018   23 : 23

À :   Alex.@

Objet : Certains s'impatientent...

Cher Alexandre,

Comme tu le vois, nous n'avons pas le temps de nous ennuyer.

La journée s'est encore passée au cinéma, et apparemment ce n'est pas fini.

Certains s'impatientent de voir arriver Gunther et Adélaïde, et d'autres ont demandé au majordome (il s'appelle Edmond) quand est-ce qu'ils arrivaient. Il parait qu'il leur a répondu que c'était une surprise et qu'il ne pouvait pas en dire davantage... nous n'avons plus qu'à attendre, donc.

Et justement, en attendant, nous sommes allés flâner sur le lac. Il y avait plein de bateaux d'excursion bloqués sur le port ; car malheureusement, le temps n'était pas si beau que prévu, il y avait beaucoup de vent cet après midi. Tellement, même, qu'on a pu voir de grosses vagues se former ! C'est la première fois que je vois un lac, aussi immense soit-il, se comporter comme une mer ! Ça nous a tous bluffés ! As-tu déjà vu ce phénomène, toi ?

En tous cas, on ne peut pas dire que c'est l'air iodé, mais ça a émoustillé notre Gaby, qui s'est lancée à nous raconter sa mésaventure, avec sa copine Zoé, de femmes un peu trop libérées... pour la maréchaussée. Elle a commencé par nous proposer de nous asseoir tous autour d'un thé ou d'un café...

« ...

— Allez, je coupe le mille-feuilles que j'ai vu dans le frigo ! Ça vous dit une petite part de ce bon gâteau ? demanda Gaby à ses colocataires en leur passant le dessert sous les narines.

– Oh, oui, j'en veux ! J'en veux ! s'écrièrent les fillettes, alléchées.

– Nous aussi, on en croquerait bien… susurrèrent John et Lucien en extase devant la pâtisserie, rejoints aussitôt par tous les autres.

– Alors je vous suggère de vous asseoir au salon ; et Galiana – elle lança un clin d'œil à sa sœur – va venir m'aider pour vous servir une belle part de cette merveille et nous vous apportons la boisson chaude de votre choix ! Qu'est-ce que vous en dites ?

Les deux sœurs prirent les commandes et préparèrent du thé, du café, du chocolat chaud, dans le joli service anglais à leur disposition. Quand tous furent assis au salon, dégustant l'appétissant feuilleté, Gaby se leva et embrassa l'auditoire de sa posture à la ronde, voulant s'improviser conteuse et captiver l'attention ; les fillettes Gina et Célia piaffaient d'impatience et ne la quittaient pas des yeux. Gaby était comme ça, quand elle voulait se faire remarquer, elle prenait naturellement des attitudes théâtrales, le buste penché vers les spectateurs, bras ouverts, regard fascinant, pour dire « voyez-moi, venez me rejoindre, écoutez ma voix ensorcelante » comme si elle hypnotisait son public.

– Si vous le voulez bien, je m'en vais maintenant vous lire une histoire dont vous me direz des nouvelles. Je l'ai racontée à un écrivain qui l'a publiée dans ce livre.

Elle ouvrit le recueil à la page quarante cinq.[7]

– Cette histoire m'est vraiment arrivée, à moi et à mon amie

---

7 Extrait de « Déca Danses, le bal des plumes », recueil de nouvelles du collectif de l'atelier d'écriture du Vexin-Thelle, 2015

Zoé. Vous allez peut-être trouver cela amusant, mais je peux vous assurer que nous, sur le coup, nous avons eu « les miquettes », car l'histoire a failli mal tourner...

Debout les Filles !

La sensation était inédite et celle de liberté gagnée. Mais tout n'était pas rose pour autant !

En 2014, pour la première fois de sa vie et dans cette situation, Gaby, alors âgée de trente-trois ans, avait pu rester d'aplomb. Elle s'était arrêtée à la sortie de la ville, au bord de la route, et regardait, tranquille, le petit bois en contrebas, les yeux vers l'azur verdâtre de l'étang au milieu. Zoé, elle, n'avait pas réussi ; malgré toutes ses gesticulations et ses sautillements, toute sa concentration également – impossible d'aboutir. D'autant qu'elle avait aperçu l'officier de police qui avançait vers elles. Gaby n'avait pas fait attention à cet homme de loi, sorti d'on ne sait où – certainement d'un véhicule banalisé garé tout près – tout occupée qu'elle était par « l'objet du délire ».

Parce qu'il s'agissait bien d'un délire :

– Non, mais tu entends Zoé ?

– Hein ?, répondit-elle d'une voix éteinte.

Zoé était affalée dans le canapé de son amie avec la ferme intention d'entamer une sieste.

– Ecoute, je te dis, écoute !

Gaby secouait l'endormie par petits mouvements saccadés.

– Qu'est-ce qu'il y a ? Laisse-moi dormir !

– C'est ce qu'il raconte, le mec à la radio, c'est incroyable !

La voix masculine était déliée et bavarde comme celle qui craint le blanc à l'antenne ; elles tendirent l'oreille toutes les deux. Et les questions fusèrent :

– Mais, comment ça marche ?

– J'sais pas si tu t'rends compte, on peut aller partout, n'importe où ! Au fin fond du trou du cul du monde, ça n'a plus aucune importance !

– Oh ouiiii ! Plus besoin de s'en préoccuper, trop bien !

– On est libre, libre : comme les hommes !

Leur propension à cet enthousiasme frénétique avait débuté lorsqu'elles avaient entendu ce journaliste sur les ondes, un homme, un brin sexiste, déblatérer sur cette invention, remise au goût du jour. Car en fait, rien de nouveau à l'horizon : cet objet avait déjà été breveté en 1918 par une américaine, Edyth Lacy, sous le nom de « Sanitory Protector », puis recréé à plusieurs reprises, sans jamais aucun succès auprès de la gent féminine pour laquelle il avait été imaginé ! Il faut dire que les deux trentenaires n'en avaient jamais entendu parler, tout comme leurs mères respectives qui avaient pourtant milité pour l'égalité des sexes et la parité ! Quelle aberration, fulminaient-elles !

Les commentaires virulents du journaliste, visant à démentir la praticité de la chose à coups de vulgarité et de féminité perdue, témoignaient d'une rare misogynie ; ses propos avaient eu pour effet d'entraîner les deux amies à vouloir tester le produit, avec une légère arrière-pensée revancharde et féministe : pour qui se prenait-il à vouloir dicter aux femmes leur conduite ! Ce n'est certainement pas lui qui les arrêterait dans leur enquête et leur recherche. Zoé et Gaby voulaient en avoir le cœur net, et le reste tout autant ! Pour cela, elles avaient même osé demander au vieux pharmacien de leur quartier ; celui-ci les avait regardées de haut et leur avait répondu : « niet, nada, rien du tout, cela n'existe pas ! »

– Mais si, Monsieur, ça existe ! On l'a entendu à la TSF !

– Et bien pas dans ma pharmacie, mes demoiselles ! Allez ! Oust, sortez !... Allez, dehors !

En même temps qu'il parlait, il les poussait vers la sortie et les deux amies s'étaient retrouvées sur le pas de la porte de l'apothicaire, les yeux dans les yeux, et avaient éclaté d'un rire sonore et spasmodique ; à l'intérieur, l'homme paraissait furieux de tant d'audace de la part de ces jeunes effrontées. Quelques clients, par-dessus la vitrine, les observaient, se demandant bien ce qui les faisait rire autant ! Elles étaient donc rentrées chez elles dare-dare, bien décidées à passer commande urgemment sur internet. Malheureusement, les délais de livraison étant ce qu'ils sont, il leur fallut attendre quelques jours, pendant lesquels elles devisèrent sur le bien-fondé d'une telle trouvaille :

– Tu vois, Zoé, pour une femme handicapée, par exemple qui se déplace difficilement, c'est tout bénef.

– C'est sûr, elle y gagnera en indépendance.

– Et les femmes dans l'armée aussi, elles seraient bien plus tranquilles !

– Oh ! Oui, fini la culotte en dentelle en stand-by sur les rangers !

A cette évocation, Gaby et Zoé pouffèrent d'un rire complice.

L'attente avait été longue, mais trois jours plus tard, elles étaient livrées chacune de leur instrument de liberté et leur campagne de test avait débuté. Aussitôt, elles s'engouffrèrent, ni une ni deux, dans l'automobile de Zoé, et déroulèrent le ruban bitumeux derrière elles, pour s'arrêter à ce fameux bord de route, avec l'intention d'essayer leur nouvelle acquisition.

Mais l'entreprise avait vite viré à l'épreuve, voire au défi, puis tout naturellement à la franche rigolade, faisant échouer alors toute tentative ! Elles avaient repéré différents endroits favorables, toujours à l'écart du passage, bien entendu, quoiqu'elles aient eu affaire, plusieurs fois, à des promeneurs soudains, dont les réactions avaient été souvent surprenantes ; quelques-uns avaient été curieux : « qu'est-ce qui se passe par ici ? » et avaient voulu savoir ce qu'elles fabriquaient, les obligeant à remballer leurs affaires, ni vu ni connu ; d'autres les avaient insultées : « Mais ce n'est pas possible d'être aussi vulgaire ! », criant presque à l'attentat à la pudeur ! Il faut dire que leurs gestes et postures étaient aussi étonnants que déroutants pour le non averti.

Gaby s'était installée, tournant le dos à la chaussée, les pieds écartés, et commençait à dégrafer son pantalon. La braguette ouverte, elle sortit l'engin de sa poche de veste, en déchira l'emballage et se retrouva avec l'appareil en mains.

Zoé, de son côté, l'avait imitée en tous points.

Et là, pendant quelques instants, bien qu'elles retournèrent la chose en tous sens, l'avide interrogation pulsait : comment faire ? Mode d'emploi déplié – lecture rapide: *« silicone médical, hypoallergénique, conserver dans un endroit sec... »* Ah... notice humoristique ? – sourire – coup d'œil à la voisine : mimique interrogative et fataliste de l'une à l'autre. Silence.

Gaby décida alors l'intuition ; elle commença à se déhancher, passant d'un pied sur l'autre plusieurs fois de suite, sautillant comme pour danser la gigue ; mais il était question de rester décente et de ne pas descendre, du tout, le pantalon ; alors, elle inséra sa main libre dans le jean moulant, puis sous l'élastique de sa culotte qu'elle écarta et plaqua contre sa peau le plastique froid, rose bonbon.

– Oh ! Oh ! J'y suis, sourit-elle à sa copine, qui, elle, était restée figée sur l'accessoire.

Elle y avait ajouté l'extension de la même matière, vendue en plus, pour servir de rallonge. Celle-ci dépassait de l'ouverture du denim et pendait entre ses jambes.

Le tableau était saisissant pour quiconque arrivait derrière elle !

Dès lors, elle constata que tout était en place et commença à se détendre ! Puis elle ouvrit la vanne, avec soulagement. Mais là... fraîche surprise ! Une chaleur humide se répandait le long de ses jambes, se réfrigérant dans la seconde et la frigorifiant en même temps !

– Ouh ! Lala ! C'est pas si pratique que ça ! Zut, je suis trempée !

– Ah!Ah!Ah!Ah !Ah !

Zoé l'observait et essayait de garder son sérieux depuis un moment, mais là, c'en était trop ; elle était pliée et riait à en perdre haleine !

– Moi, je n'y arrive pas !

Puis, ayant repris ses esprits :

– Oh ! Regarde, un flic !

D'un coup d'œil, elle montra à son amie le policier qui se dirigeait vers elles. Dans la précipitation et l'humidité, le pissoir ne voulait plus bouger, bien au chaud à l'entrejambe de Gaby, qui décida donc, obligée, de refermer son pantalon, en tentant d'y engouffrer vite fait, tout le matériel pendouillant. Mais c'était impossible, la braguette restait désespérément ouverte sur un fuchsia bien clinquant.

– Hep, Mesdemoiselles ! Ce n'est pas Dieu possible !

L'officier était planté là, derrière les deux amies et avait l'air dubitatif. Il avait l'expression ahurie de celui qui n'en revient pas, mais dès qu'il en revint, il prit un air très méprisant pour aboyer :

– Vous savez qu'il est interdit d'uriner sur la voie publique ?

– Heu... Oui, Monsieur, mais ce n'est pas du tout ce que vous croyez !

– Ah tiens ? Vous me prenez pour un imbécile en plus !

– Pas du tout, Monsieur le Policier, pas du tout ! Nous voulions juste essayer un objet nouveau sur le marché.

Zoé avait pris la parole mais marchait sur des œufs ; elle tentait, avec une voix mielleuse, de fixer l'attention de l'argousin vers elle, afin de laisser le temps à Gaby, qui s'était retournée, de refermer son pantalon. Mais en même temps qu'elle s'agitait pour sortir le matériel de son jean, elle aussi parlait au policier, sans se rendre compte de la force de sa voix et du ton d'invective qu'elle employait – une vraie marchande de poisson :

– Mais vous ne comprenez rien, Monsieur, vous ne comprenez pas comme c'est important pour nous ! C'est sûrement la première fois de votre vie que vous voyez une femme uriner debout, et bien, rassurez-vous, ce ne sera pas la dernière ! Non, c'est sûr, toutes les femmes vont pouvoir en faire autant !

Gaby débitait ses mots comme elle aurait haché son steak et le policier, qui écoutait ses salades, ne savait plus où donner de la tête face à ces deux énergumènes. C'est alors qu'il s'agita et commença à vouloir empoigner la plus virulente des deux, posant une main sur le bras de Gaby ; c'était la fin des haricots ! Celle-ci, dans un mouvement d'affolement, se retourna, les coudes à l'horizontal, qu'elle claqua à la tête du limier, qui s'écroula, à la stupéfaction des deux femmes. Zoé, agacée par la tournure que prenait l'affaire lança : « tu l'as envoyé au champ de navets, si ça se trouve ! » ; puis, elle regarda Gaby, et alentours pour s'apercevoir qu'un attroupement avait commencé à se former derrière le policier. Heureusement, l'agglomérat était encore tranquille, personne n'avait bougé. C'était le moment ou jamais pour elles de déguerpir au plus vite, avant que tout cela ne tourne au vinaigre : c'est ce qu'elles firent sans délai, après s'être concertées d'un regard en direction de la voiture, vers laquelle elles s'élancèrent :

– Cours Gaby, cours, on se tire !

Dans la précipitation, Gaby avait réussi à extraire l'urinal de son pantalon mais l'avait jeté avant de s'enfuir. Zoé, elle, l'avait refourgué dans sa poche avant de prendre ses jambes à son cou. L'automobile démarra en trombe, et les fuyardes rentrèrent chez elles, comme si de rien n'était…

Mais tout cela était sans compter sur la velléité du fin limier qu'elles avaient bousculé. Car celui-ci, fonctionnaire endurci et valeureux, avait bien sûr relevé le numéro d'immatriculation du véhicule, et Gaby et Zoé avaient été retrouvées.

Elles furent donc citées à comparaître au tribunal.

Les deux amies, entêtées et prétextant leur bonne foi, voulurent marquer les esprits et arrivèrent avec une banderole qu'elles tenaient à bout de bras où l'on pouvait lire : « DEBOUT LES FILLES ! ».

C'est ainsi qu'elles racontèrent leur histoire à Madame la Juge, affairée à manipuler les différentes pièces à conviction étalées sur la table : pisse-debout, petit pissoir, urinelle, pipi pappe, urinette féminine, etc. Tout en détaillant les objets, un léger sourire aux lèvres, la magistrate informa les contrevenantes et, profitant d'accaparer l'attention par ses paroles, subrepticement, plongea un urinoir dans son sac...

Elle leur fit découvrir à la suite que leur comportement était répréhensible par la loi et constituait une infraction.

Elles écopèrent, en conséquence, d'une amende forfaitaire de soixante-cinq euros chacune pour avoir uriné sur la voie publique.

Madame la Juge leur apprit également que cela leur aurait coûté moins cher si elles s'étaient trouvées à Paris (35 euros), mais beaucoup plus si leur exercice s'était déroulé au Québec (100 dollars), ou encore en Australie (200 dollars). Et dans sa grande mansuétude, elle ne leur infligea qu'une peine de TIG[8] de vingt-huit jours pour avoir maltraité un officier de police dans l'exercice de ses fonctions...

Quelques semaines plus tard, Gaby et Zoé frottaient la faïence des toilettes à la turque de leur commune.

A bonne entendeuse...

---

8   TIG : Travaux d'Intérêt Général

Célimène 15/09/2018 23 : 51

À : Alex.@

Objet : Sous l'effet du Champagne

Cher Alex,

Elle n'a pas froid aux yeux, la cousine, n'est-ce pas ?

Moi, je n'aurais jamais osé ! Mais c'est du Gaby tout craché ! Quelle dévergondée ! En attendant, elle a bien amusé la galerie ! Même Galiana a retrouvé le sourire !

Le dîner était encore excellent, le cuisinier nous a mijoté un gigot de sept heures, tendre comme du beurre et un goût romariné ! Un pur plaisir. Ah ! Oui, je ne t'ai pas dit qu'un Chef cuisine exprès pour nous. Je suis sûre qu'Adé lui a filé ses recettes, parce que les mets servis sont à la fois fins, délicats, et c'est comme si on mangeait chez ma tante ! C'est une réussite, un vrai bonheur.

Après ce repas pantagruélique, Edmond nous a servi le Champagne ! Tu le crois ? Il parait que c'est bientôt leur anniversaire de mariage, c'est ce qu'a dit Galiana, tout à l'heure.

Du coup, Célia ne voulait pas se mettre au lit (remarque on va se coucher de plus en plus tard !). D'autant que Maman, peut-être sous l'effet du Champagne, a voulu prendre la parole et a commencé à parler de « L'Histoire de sa Vie » ; ce qui ravit Célia à tous les coups... Elle ne se lasse pas de l'entendre. Elle a bien de la chance ma fille, parce que moi, elle ne me l'a jamais vraiment narrée ; à chaque fois, je n'en ai entendu qu'une partie, parce que ce n'est jamais à moi qu'elle la raconte mais à sa petite fille... Je ne sais pas si Céleste s'en rend compte et qu'elle le fait exprès ? Elle croit peut-être que ça ne m'intéresse pas ? Pourtant, je l'ai souvent questionnée quand j'étais plus jeune, sur elle, sur mon père, et sa réponse a toujours été la

même : « je te raconterai plus tard, quand tu seras grande... ».
A quarante trois ans ans, suis-je encore trop jeune ? Même si,
de temps en temps, quand je la vois et que je me regarde dans
la glace, j'ai des fois l'impression qu'elle n'est pas beaucoup
plus vieille que moi ! Il faut dire que physiquement, elle en jette,
n'est-ce pas ?

Célimène.

Céleste portait effectivement admirablement ses soixante dix huit ans, si bien qu'elle en paraissait quinze ou vingt de moins. Fine et élégante en toutes circonstances, elle était alerte, vive et sportive.

Elle avait toujours vécu en Irlande à Cap Hostan, son village natal. Elle s'y était mariée avec Samuel, un garçon du pays, lui aussi, et un ami d'enfance, son âme sœur, et ils y avaient vécu heureux, tous les deux ; jusqu'au cataclysme qui avait tout bouleversé. Ça, c'était l'histoire de sa vie, qui avait fait couler beaucoup d'encre et donné lieu à bien des commérages. Mais Céleste ne s'en était jamais vraiment inquiétée, laissant ces racontars aux mauvaises langues et aux grandes oreilles. Elle n'avait pas prêté attention non plus aux « on-dit » faisant planer le doute quant à la paternité de sa fille, sans penser qu'un jour, celle-ci douterait elle-même, manipulée par les ragots. Pourtant, Céleste lui avait toujours affirmé que son père était bien Samuel, bien qu'elle n'ait jamais pu le lui prouver. En effet, pendant son absence, sa maison avait été visitée et vidée méticuleusement de tous les objets ayant appartenu ou faisant référence à Samuel, comme les photos où il apparaissait, ses vêtements, ou même les outils dont il se servait ; ainsi, tout un pan de sa vie à elle, avec Samuel, avait disparu, la laissant très démunie. Alors, elle ne pouvait pas empêcher la rumeur de circuler, qui lui avait même prêté une relation plus qu'amicale avec Ben, le garçon d'étable qui l'avait secondée en l'absence de Samuel. C'est vrai qu'ils étaient devenus très proches ; Ben avait été l'épaule sur laquelle elle avait pu se reposer dans la tourmente de sa peine immense. Mais leur amitié en était restée là.

Par la suite, bien sûr, elle avait eu quelques relations amoureuses, mais beaucoup plus tard. Et jamais rien de bien sérieux, et surtout pas à Cap Hostan. Elle s'était toujours arrangée pour que les hommes qu'elle rencontrait ne viennent jamais chez elle. Le village était tellement petit et elle connaissait les dégâts que pouvait faire la rumeur.

Peut-être enhardie par l'élixir alcoolisé, debout entre sa chaise et la table avec son verre de bulles à la main, Céleste s'apprêtait à faire une déclaration qui allait retenir l'attention de tous, mais surtout de Célimène.

Avant de se lancer et de parler, elle avait pris le temps de la réflexion. Elle savait que sa fille désirait ardemment connaître l'histoire de ses parents, surtout celle qui concernait son père, mais elle avait toujours préféré se taire... Elle avait vécu des évènements si particuliers ; il lui était difficile d'envisager qu'un adulte sensé puisse adhérer, ne serait-ce qu'une seconde, au récit de cette partie de sa vie qu'elle estimait extra ordinaire. Elle imaginait tout à fait le scepticisme des gens, même de sa famille et en particulier de Célimène, en entendant une telle histoire. Elle l'avait déjà testée sur sa sœur Adélaïde qui lui avait répondu, un brin moqueuse :

– Mais, ma pauvre Céleste, il faut que tu arrêtes les substances illicites tout de suite !

C'était peu de temps après le drame qui l'avait touchée, c'est vrai, et le doute sur son état mental et psychologique était permis, car la période était pénible. Ensuite, il y avait eu le défilé de tous les gens « bien intentionnés », qui avaient plus envie de s'adonner à la magie du « qu'en dira-t-on » qu'à celle du bon samaritain secourant une âme en peine. Cette procession de pèlerins en quête de faits bien croustillants à éventer très vite, l'avait échaudée et elle avait préféré garder pour elle, intacts, ces moments difficiles mais si précieux. Et elle avait bien fait, car à présent elle pouvait y puiser l'assurance que son esprit ne divaguait pas comme on le lui avait suggéré.

Maintenant, une quarantaine d'années plus tard, quand elle la racontait à sa petite fille, c'était complètement différent ; Célia était tellement jeune qu'elle vivait encore dans le monde fabuleux des enfants ! Et puis, pour adoucir la réalité, Céleste ne lui racontait qu'une partie des choses, pour ne pas l'effrayer et Célia n'y voyait que du feu ; elle croyait sa Mère-grand, dur comme fer !

Mais Célimène, elle, ne manquerait pas de lui poser toutes les questions du monde. Elle devinait déjà sa perplexité et ses regards soupçonneux devant des faits impossibles. Et ce doute sur sa lucidité lui était insupportable de la part de sa propre fille ! Céleste s'étonnait déjà que Célimène ne s'interroge pas plus sur la présence de Samy, son adorable et si époustouflant félin depuis... presque quarante ans... Elle pensait certainement que plusieurs s'étaient succédés, se ressemblant tous.

Alors, elle était sûre d'avoir bien fait ; elle avait raconté ces moments intenses, uniques mais inexplicables de sa vie à un écrivain professionnel qui avait tout noté, qui l'avait questionnée sur les détails et qui avait fini par écrire SON histoire à elle, en son nom. Elle en avait aimé le style et trouvait que, du coup, elle paraissait plus vraisemblable, bien que le lecteur puisse très bien croire à une fiction. En tous cas, elle avait décidé qu'elle ne la raconterait plus, même pas à Célia, parce qu'elle grandissait et allait aussi, bientôt, poser toutes les questions du monde, comme sa mère ! Non, maintenant, elle avait le sentiment d'être libérée d'un secret sans jamais avoir signifié que c'en était un. C'était plus facile pour elle ; au pire, elle passerait simplement pour une femme pleine d'imagination.

Dans un silence spontané et de rigueur pour une annonce solennelle, Céleste confessa :

— Je voulais simplement vous dire que j'ai confié à un « nègre » l'écriture de mon autobiographic, cn tous cas la partie de ma vie avec Samuel ; je me souviens que cela vous a intéressés, à un moment ou à un autre ; je souhaitais vous informer également qu'elle va être publiée dans quelques jours. En effet, elle a séduit les Editions Liris. C'est donc chez eux que je publie mon récit. Je l'ai intitulé « Cap Hostan »[9], du nom de ma bourgade en Irlande, comme vous le savez. Désormais, elle sera « publique » pour ainsi dire, et pour la lire, vous pourrez l'acheter sur la toile, chez « Cavalière ». Je n'en connais pas encore le prix de vente, mais il sera modique...

La déclaration de Céleste avait fait l'effet d'une bombe dans la tête de Célimène, sa fille, qui rétorqua illico, prenant les convives à témoins :

— Mais vous entendez ce qu'elle vient de dire, mon histoire va être publique alors que moi-même je ne la connais pas ?

John la reprit aussitôt :

— Ne parle pas comme ça de ta mère ! Elle ? Elle ? Tu ne peux pas dire « Maman » ou « Céleste » ?

— Oh ça suffit, toi ! De quoi te mêles-tu, à la fin ? Quelle légi-

---

9   « Cap Hostan », du même auteur, nouvelle à paraître

timité as-tu à vouloir me donner une leçon comme ça ?

— Ma seule légitimité, effectivement, c'est d'être ton aîné, et cela me semble bien suffisant pour te remettre à ta place, ma fille !

— D'abord je ne suis pas ta fille, John... Que je sache en tous cas !... D'ailleurs je ne sais pas vraiment de qui je suis la fille... Mais, pas de problème, je vais acheter ce bouquin pour le savoir, et je l'apprendrai peut-être en même temps que des milliers d'autres personnes beaucoup moins concernées...

Célimène était hors d'elle, dans un tel sentiment d'effraction intime qu'elle aurait pu l'assimiler à un viol. Céleste, de son côté, était abasourdie par l'attaque de sa fille. Même si elle s'y attendait...

— Arrête Célimène s'il te plait ! intima Céleste à sa fille. C'est la seule façon que j'ai trouvée pour te parler de tes origines, pour te raconter mon histoire qui est effectivement aussi un peu la tienne !

— Un peu ? Tu te fous de moi ? Tu y parles de mon père, non ? celui qui a déposé en toi la petite graine de Célimène qui me fait vivre ! J'ose espérer que tu y dis la vérité, au moins ?

L'ambiance était plombée, aucun des participants à l'affrontement mère-fille ne bronchait, trop curieux de connaître la suite. Même John ne pipait plus.

— Je ne t'ai jamais menti, ma fille ; j'ai simplement évité ta suspicion, en refusant de te raconter l'histoire que j'ai vécue avec ton père car je conçois qu'elle est tout bonnement incroyable ; même si elle est bien réelle ; je ne suis pas la vieille folle que tu crois... Je pense que tu pourras, dès ton retour à Cap Hostan, consulter les annales de la ville. Je sais que des journalistes ont écrit sur le sujet à l'époque. Je demanderai au maire de te les laisser consulter.

– Parce qu'en plus, tu avoues avoir demandé au maire de m'empêcher d'accéder aux archives de presse du Cap !

– ...

... Céleste était accablée, mais elle poursuivit sans déroger à ce qu'elle avait prévu, agissant tel un automate ; elle se baissa, fouilla dans le sac posé à ses pieds, et en ressortit un objet enrobé de papier de soie : « J'ai fait éditer un numéro spécialement pour toi, pour que tu sois la première à le lire... Le voici ».

Céleste tendit à sa fille le livre qu'elle avait préparé pour elle ; il s'agissait d'une sorte de carnet, modeste par son épaisseur, mais richement orné d'enluminures en relief, avec la tranche dorée à l'or fin ; il était relié dans un cuir ocre très fin sur lequel une photo de Cap Hostan était gravée. Célimène resta pantoise devant un si bel ouvrage, mais se ravisa pour l'empoigner et se l'accaparer ; elle le retourna dans tous les sens, puis l'ouvrit pour y découvrir une dédicace de sa mère : « A la fille de mon bien aimé Samuel. Je romps par ce tome le silence qui nous a séparées ; j'espère ardemment qu'il nous réunisse à présent. Céleste ».

Célimène ne parla ni ne leva les yeux de l'ouvrage qu'elle serrait contre elle, puis s'éclipsa jusqu'à sa chambre.

Célimène   16/09/2018   00 : 31

À :   Alex.@

Objet : Le chat est vieux

Cher Alex,

Voilà donc Mon Histoire racontée à tout le monde par ma mère. Là, ça va encore, c'est la famille et les amis proches, et pour l'instant, je suis la seule à pouvoir la lire. Mais, bientôt, des inconnus achèteront ce livre... Je préfère ne pas y penser, ça me met en colère... Elle a beau dire qu'elle raconte sa vie à elle, mais elle dévoile aussi de cette façon la mienne. De mon côté, je ne sais toujours pas si je peux la croire quand elle dit que mon père s'appelle Samuel ; parce qu'à Cap Hostan, la rumeur hésite avec le fameux garçon d'étable, Ben. Moi, je t'avoue aussi que j'ai des doutes quand je l'entends parler à son chat qu'elle appelle tantôt Sam, ou Samy, comme si c'était un être humain (comme si c'était Samuel !). Surtout quand elle affirme qu'il est arrivé un peu avant ma naissance (j'ai quarante-trois ans, t'imagines l'âge du chat). En même temps que je t'écris, je réalise que c'est incroyable, parce que j'ai toujours connu ce chat à la maison... Toi aussi d'ailleurs ! Ou alors c'est moi qui déraille, mais je m'en serais aperçu, quand même, si ce n'était plus le même chat que celui de mon enfance ! Tout cela est bien étrange... Mais Céleste adore les mystères, alors elle en fait tout le temps ; depuis mon adolescence, je me pose des questions, je lui en pose à elle, ma mère. Je lui demande des preuves ; j'en reviens toujours aux photos qu'elle n'a jamais pu me montrer ; soi-disant qu'elle n'en a pas : ça, c'est bizarre et je ne la crois pas. C'est quand même normal de s'interroger sur l'identité de son père ! Adélaïde me dit toujours d'arrêter de questionner ma mère et de la soupçonner comme ça, mais j'ai tellement peur qu'elle nous quitte en gardant son secret. Adé m'a raconté que tous les souvenirs de sa sœur avaient disparu pendant son séjour à Stormont, chez la tante Odalie. Elle, je la croirais plus volontiers, peut-être...

En attendant, c'est vrai que le chat est vieux.

Et c'est vrai aussi qu'à présent j'ai de la lecture qui me promet d'être éclairante... En fait, ça me soulage de savoir qu'une partie de mon histoire est écrite maintenant. Tu trouves peut-être que je suis dure avec ma mère, mais ce n'est qu'en surface... Tu sais que je ferais tout pour elle, bien sûr ! J'ai été très émue qu'elle m'offre le 1er livre édité, même si je ne l'ai pas encore remerciée ! Mais tu te doutes bien qu'il m'était impossible de me déballonner, comme ça, en quelques minutes, après toutes ces années d'attente ! Non, il faut qu'elle attende elle aussi !

Enfin, pour l'heure, on n'en est pas là ! Demain, ce sera le 3ème jour que nous passerons tous ensemble à Vevey – personne n'est encore parti ! Le temps aura passé vite, et Edmond, le majordome nous a assuré que nous aurions des nouvelles demain d'Adélaïde et de Gunther. J'ai hâte ! Si ça se trouve, ils sont toujours en voyage, et on n'est pas près de les voir ! Ce serait curieux d'être là, comme pour fêter leur anniversaire de mariage ou feuilleter leur album souvenirs, mais sans eux !

Je t'embrasse bien fort,

A demain pour la suite...

Célim

Célimène   16/09/2018   11 : 07

À :   Alex.@

Objet : Une fourchette dans le lac

Cher Alex,

Ce matin, petit déjeuner sur la terrasse, avec un temps magnifique. Le soleil a chauffé le café et aurait presque pu griller nos tartines ! Quand nous avons tous été prêts, nous sommes partis en balade, jusqu'au funiculaire. Nous avons gravi le mont Pèlerin à bord de ce wagon volant ; à nous tous, nous remplissions le téléphérique ! Arrivés là-haut, quelle vue imprenable sur le lac, c'était très agréable ; petite curiosité suisse, il y a une énorme fourchette plantée dans le lac ; « ça doit être celle d'un ogre qui l'a oubliée là après un copieux repas, les pieds dans l'eau ! » C'est ce qu'a imaginé Gaby pour répondre aux questions des filles ! T'aurais vu leur tête ! Elles n'en menaient pas large !

Après, nous sommes revenus par la ville en passant par les petites rues piétonnes ombragées. J'ai l'impression d'avoir rajeuni, d'être revenue au temps de notre enfance, quand on passait nos vacances, de l'autre côté du lac Léman, en France. Je ne sais pas pourquoi Adélaïde et Gunther ont passé la frontière pour nous amener en Suisse ! C'est très joli aussi, je ne dis pas le contraire...

Cet après midi, nous avons vu la dernière étape de leur voyage, c'était très beau, et vraiment en harmonie avec leur couple. Nous avons vu défiler les sublimes paysages d'un pays qu'ils ont traversé rapidement. La voix « off » nous a expliqué qu'ils s'y étaient rendus comme en pèlerinage, pour y sceller le sanctuaire de leur vie et de leur amour... Pour un anniversaire de mariage, c'est beau, non ?

Je suis sûre que tu ne devines pas où ils sont allés, si ?

BONHEUR INTÉRIEUR BRUT

C'était le moment de laisser là leur nostalgie, pour aller comptabiliser leur capital BONHEUR.

– As-tu pensé à prendre la calculette, mon amour ? demanda Gunther à sa tendre et chère.

– Nul besoin de mathématiques pour faire ce genre de compte, tu sais ! murmura Adélaïde.

Ils allaient entamer la dernière étape de leur expédition, ce serait leur dernière escale. Ils embarquaient à présent pour le Bhoutan, au pied des montagnes himalayennes. C'était un pays qui les avait fait rêver encore plus que les autres, tellement ses promesses étaient séduisantes. Ce pays, surnommé le « pays du Bonheur » ne pouvait que les attirer, leur augurant le paradis tant espéré.

Aucune restriction de visa ni d'autorisation à obtenir du ministère du tourisme, leur vol par Bhoutan Air, unique compagnie aérienne du pays, atterrirait de toute façon à Paro, et ils bénéficiaient d'un agrément spécial par leur « Tour opérateur ».

– On a de la chance, parce qu'avec notre agence de voyage, nous n'avons pas besoin, comme tous les autres touristes qui veulent visiter ce pays, de l'autorisation d'un visa pour récupérer notre billet !

– Heureusement, sinon on attendrait encore, je crois bien ! Les autorités veulent vraiment contrôler toutes les entrées sur leur territoire ainsi que toutes les sorties.

– C'est vrai Gunther, ils prétendent que cela leur permet de préserver l'équilibre vital du pays et de ses habitants... Ça laisse rêveur comme politique !

– C'est sûrement dû à leur religion qui est presque étatique, non ? s'enquit Gunther.

– Tu dois avoir raison, c'est Bouddha qui gouverne ici, sous les traits d'un moine quelconque !

– Non, Adé, maintenant c'est un roi qui gère les affaires du Bhoutan.

– Ah, tu en sais des choses, mon Gunther, et comment s'appelle-t-il ?

Adélaïde était un petit peu vexée de ne pas savoir tout ce que son mari savait. Elle n'était pas habituée. C'était souvent elle qui apprenait les choses à Gunther, du moins le croyait-elle. Car Gunther, en fin psychologue, se laissait souvent instruire par sa femme, sans réel besoin, ayant lui-même une excellente culture générale. Mais il savait qu'il lui faisait tellement plaisir en l'écoutant ! C'était un petit peu de son amour qu'il lui donnait dans ces moments là, sans qu'elle s'en rende compte, il devait bien se l'avouer !

– Oh ! C'est un nom imprononçable que je n'ai pas retenu ! Ce que je sais, c'est que c'est un sage qui a décidé d'établir une politique dans son pays qui privilégie l'environnement et la culture bhoutanaise ! Il a créé un nouvel indicateur de richesse

« le Bonheur National Brut » en opposition à notre PIB dont il refuse la dictature !

— Ce n'est pas possible ! Ça ne peut pas être l'unique objectif d'un homme politique ?

— Imagine si on avait un tel homme au pouvoir en Europe...

— Remarque, peut-être qu'il s'est déjà présenté à nous, ce sage européen, mais qu'on ne l'a pas élu ? Nous n'avons pas du tout la même pensée.

— Oui, enfin, là, le peuple n'a pas eu tellement le choix ! Le roi s'est imposé, il n'a pas été élu, alors c'est tout de suite plus facile ! renchérit Gunther. Mais enfin, c'est quand même beau de penser qu'un roi vise particulièrement le Bonheur de son peuple, non ?

— Ça m'étonnerait que ça marche, les hommes sont bien trop enclins à se battre, même au Bhoutan !

— Je ne sais pas, tu as peut-être raison, mais avoue que c'est bien d'essayer ! conclut Gunther.

Ils étaient sur la route du Bumthang, qu'ils parcouraient à pieds, moyen de locomotion le plus usité dans ce royaume. Le Bumthang regroupait quatre vallées et était le cœur spirituel du Bhoutan, abritant les temples et palais les plus anciens et les plus majestueux. Leur quête de spiritualité se poserait là, à Jakar, à l'entrée de la vallée, où ils méditeraient dans l'immense palais d'un kilomètre et demi de circonférence ; grandiose ! La dernière étape de leur voyage. La fin.

Ils pénétrèrent dans le temple de Jakar, où l'atmosphère sacrée et de recueillement les saisit à la gorge. Le cœur en émoi, ils s'assirent côte à côte, se tinrent les mains et fermèrent les yeux. Dommage, ils n'avaient presque pas pris le temps d'admirer le décor, très coloré, riche, doré à l'or, et extrêmement fleuri. Beaucoup de gens murmuraient leurs prières et circulaient autour de l'autel central pour y déposer leurs offrandes faites de nourriture, de tissus soyeux, ou d'objets précieux en tous genres. Certains déviaient vers d'autres lieux de culte en périphérie du Bouddha central, le ballet ne s'arrêtait jamais.

Eux n'eurent pas besoin de parler ni de prier, leurs sentiments allaient et venaient, passant par leurs quatre mains jointes et leurs fronts réunis. L'espace étroit qu'ils occupaient de leurs corps centupla lorsqu'ils repensèrent à leur vie.

Leurs enfants y avaient pris toute la place, depuis leur naissance jusqu'à ce jour ; elles avaient baigné dans l'amour parental, et elles le transmettraient à leur tour à leurs propres enfants ! Que demander de plus ? Que leurs petits-enfants en fassent autant ? Ils étaient certains qu'ils le feraient ; quand on reçoit tant d'amour, on ne peut pas tout garder pour soi, c'est impossible, on est obligé d'en redistribuer !

Les amis y avaient été rares, mais bien présents sur leur parcours, même s'il fallait moins d'une main pour les compter. Qu'auraient-ils fait sans John et Lucien, leurs amis les plus fidèles ? Leurs plus petits gestes d'amitié les avaient aidés à vivre, tantôt en gardant les enfants, donnant un coup de mains pour de petits ou de grands travaux, et toujours à charge de revanche ! Oui ils avaient été bien entourés par leurs amis !

Leur vie professionnelle avait été bien remplie elle aussi ; satisfaisante au possible, elle leur avait permis de conjuguer l'artisanat à l'intelligence qu'ils purent développer ainsi au service de leur clientèle tant appréciée ; celle-ci le leur avait bien rendu ! Combien de petits présents avaient-ils reçus de leur part pour la qualité du service, du travail, pour l'accueil chaleureux qu'ils leur avaient toujours réservé, et combien de mercis souriants avaient-ils entendus à leur intention ? Beaucoup, beaucoup !

Et bien sûr, leur vie de couple avait été le point central, le point de départ de tout cela ; leur amour avait grandi à mesure qu'ils avançaient et créaient leur existence avec tout ce qu'elle comportait. Ils s'étaient aimés dès le premier jour, d'un amour à la fois fraternel, amical et amoureux. Ils étaient des âmes sœurs et même leurs désaccords ne les avaient pas séparés. Leur amour avait rayonné, éclaboussant tous ceux qui les avaient approchés !

Et ils s'aimeraient jusqu'à la fin.

Au terme de leur introspection, force leur était de constater que tout cela s'appelait bien le BONHEUR, et qu'ils en avaient été riches tout au long de leur vie. Impossible à chiffrer, même au pays des bienheureux !

17 SEPTEMBRE 2018
VEVEY, SUISSE

Le voyage d'Adélaïde et Gunther était terminé.

Ils avaient réalisé leur rêve de paysages irlandais.

Gunther, lui, avait un jour promis un retour à Venise ; il avait pu tenir sa promesse et Adélaïde en était ravie !

Ils s'étaient imaginés arpentant les rues de San Francisco, cela inspirait Adélaïde   « So far away from L.A. [10] »... : ils l'avaient fait.

Et puis leur destinée finale ne pouvait être autre que le « Pays du Bonheur », où ils avaient calculé à deux leur BNB[11]

---

10 Chanson de Nicolas Peyrac (1975) : "So far away from L.A.", So far a-go from Frisco

11 Bonheur National Brut, indicateur de richesse retenu au Bhoutan au même titre que le PIB dans les pays industrialisés. Lancé en 1972, le «nouveau paradigme» s'appuie sur quatre piliers : la protection de l'environnement, la conservation et la promotion de la culture bhoutanaise, la bonne gouvernance et le développement économique responsable et durable.

*

Le majordome avait proposé de faire une pause pendant laquelle un buffet apéritif et du Champagne seraient servis ! Les réjouissances continuaient, et l'assemblée était appelée à reprendre place en salle de projection dans une heure et demie.

Gaby discutait avec sa sœur, Galiana ; elles ne s'étaient pas vues depuis presque six mois.

— Il ne faut pas que cela se reproduise, n'est-ce pas Galiana, on est restées trop longtemps sans se voir !

— Tu as raison Gaby. D'ailleurs, avec Georges, nous envisageons de nous rapprocher des parents. Toi, tu es restée très proche de Maman et Papa, et nous, nous sommes loin de vous. Ce qui arrive à notre fils nous rappelle que nous devons essayer de garder nos valeurs au plus près. Et ces valeurs sont notre amour, nos enfants, notre famille. Georges a déjà commencé à chercher un bien où nous poser définitivement près de chez vous. Il n'aura pas de mal à trouver, tout comme il a déjà en vue la direction d'une agence immobilière dans la région. Quant à moi, je vais arrêter de travailler quelques temps, Gaylor et Gina vont avoir besoin de leur mère, je crois !

— Oui, j'ai été un peu surprise d'apprendre ici vos soucis familiaux et de santé de Gaylor. Tu aurais pu m'en parler quand même !

— Je n'ai pas eu le temps sœurette, désolée, vraiment, mais Gaylor est resté hospitalisé à Nevers quelques semaines alors que nous étions rentrés à Paris. Du coup, j'ai fait beaucoup d'allers et retours pour être le plus souvent près de mon fils. C'était une période difficile...

— Justement, tu aurais dû m'appeler à l'aide, j'aurais pu être avec toi, tu te serais sentie moins seule, j'aurais pu m'occuper de Gina pendant tes absences. Je sais bien que Georges était là, mais je suppose qu'il avait repris le travail.

– C'est du passé, parce que de toute façon, nous venons vivre près de vous, près de Maman, et on pourra se voir beaucoup plus souvent.

Georges approcha les deux sœurs et demanda :

– Vous savez d'ailleurs ce qu'il en est du relogement de vos parents ? Ça doit bien faire trois mois, ou plus, qu'ils ont subi cette terrible tempête, et depuis qu'ils ont refusé nos propositions d'aide, nous n'avons plus eu de nouvelles de ce côté-là !

– Non, Georges, effectivement, moi non plus je ne sais pas ce qu'il en est. Ils ont refusé aussi de venir à la maison. Je les comprends, bien sûr, parce qu'on aurait été un peu serrés ! Moi, dans mon 2 pièces, ça n'aurait pas été facile, mais ils auraient pu se sentir un peu plus chez eux que dans ce grand dortoir ! Ils y sont restés un peu plus de trois mois, et là, ils viennent de s'installer dans une caravane prêtée par la mairie. Mais tout ça, c'est du provisoire, ça ne peut pas durer !

Gaby marqua une pause et reprit :

– Surtout que maintenant, Maman fait une rechute de son cancer, elle a repris les chimios depuis presque deux mois. C'est dur pour eux. Parce qu'il y a aussi le Parkinson de Papa qui a redoublé... C'est la loi des séries, et ils sont dans une mauvaise passe en ce moment !

– Oui, c'est ce que Papa m'a dit l'autre jour quand je les ai appelés. Maman était à l'hôpital pour sa cure.

C'est à ce moment, alors que le buffet régalait les convives, que la porte de la maison d'hôtes qu'Adélaïde avait louée s'ouvrit en grinçant sur un homme d'une quarantaine d'années, cheveux châtains coupés court, barbe naissante, yeux noisette pétillants. C'était Alexandre qui arrivait de Genève en taxi après un vol depuis Paris. Malheureusement, il béquillait pour avancer, la jambe gauche toujours plâtrée.

– Alex, mon cousin, tu es venu, que je suis heureuse de te voir ! s'exclama Célimène en l'apercevant.

– Je n'ai pas résisté à tes mails qui me torturaient de ne pas être avec vous, comme avant lorsque nous étions enfants ! C'est la première fois depuis très longtemps que nous sommes tous réunis sous le même toit, répondit-il, ému.

Lucien et John approchaient à leur tour, attirés par les rires et les exclamations dans l'entrée. Les accolades amicales et les tapes dans le dos redoublèrent quand tout le monde arriva dans hall.

– Alors tu n'as pas dévoyé l'infirmière pour qu'elle t'enlève ton plâtre ? conclut Célimène

– Impossible avant encore quinze jours ! Ça fera six semaines d'immobilisation au total ! Je commençais à tourner en rond tout seul à la maison, alors je me suis dit que je serais tout aussi bien avec vous !

– Tu as bien fait, Alex, nous sommes tous très heureux que tu sois là. Mais c'est le dernier jour, normalement demain on quitte les lieux. Sauf si Adé et Gunt décident d'arriver et qu'ils nous demandent de rester encore un peu... Sait-on jamais !

– C'est vrai, on peut s'attendre à tout de leur part ! rigola Lucien.

Les festivités battaient leur plein, papotages en tous genres, champagne, sodas, vins cuits et petites bouchées se succédaient. Célimène et Alexandre s'étaient écartés pour discuter un peu.

– Dis-moi, je n'ai jamais vu autant d'alcools sur la table

d'Adélaïde ! Ils cherchent à nous saouler ou quoi ?

— Ah, oui ? Que tu es bête ! Non c'est sûrement pour leur anniversaire de mariage... Célimène marqua un temps de réflexion, puis reprit :

— Alors, comment se passe donc ta réintégration au pays natal, Alex ? Ce n'est pas trop dur après 2 ans ?

— Ça va, ça va. Il faut que je reprenne mes marques ; c'était en bonne voie, jusqu'à ce petit pépin... Enfin, je ne suis pas mécontent de cette mésaventure parce que...

— Quoi ? Quoi ? Raconte !

— Figure-toi qu'à cette occasion, je crois que j'ai fait LA rencontre de ma vie...

— Comment ça ? Qui c'est ? Et tu n'es pas venue avec elle ?

— Mais comment sais-tu d'abord qu'il s'agit d'une rencontre amoureuse, Célim ? questionna Alexandre, radieux.

— Tu ne peux rien me cacher, tu le sais bien ! Je l'ai vu tout de suite, quand tu as passé le seuil de cette maison, que quelque chose de bien se passait pour toi !

— Tu es extraordinaire Célimène ! Et bien oui, j'ai rencontré une jeune femme, elle s'appelle Alida. C'est elle qui m'a soutenu et s'est occupé de moi alors que j'avais perdu connaissance, tout de suite après l'accident ; elle est venue me rendre visite à l'hôpital, puis chez moi, et ça a flashé entre nous, mais dans le bon sens, un coup de foudre réciproque !

— Bien, bien, continue !

— Que dire de plus ? Ça ne fait qu'un mois que nous nous sommes percutés, mais nous avons l'impression tous les deux de nous connaître depuis toujours !

– Quand me la présentes-tu ? Comment est-elle ? Décris-la moi un peu, quoi ?!

– Elle est brune, les cheveux longs et ondulés, elle est mince et ronde à la fois, sa peau est basanée mais dorée, elle a les yeux sombres et pourtant si clairs ; elle est faite de tout et de rien, elle est plein de choses et de leurs contraires ; elle est Alida !

– Oh là, du calme, reste avec nous, Alex ! s'amusa Célimène. Tu aurais pu l'amener avec toi, ça nous aurait changés du club des 10 !

– Oui, mais je n'avais pas prévenu Adé, et de toute façon, Alida ne souhaitait pas s'immiscer comme ça dans une réunion familiale ; ça se comprend !

– Oui, tout à fait ! Mais tu lui diras qu'elle aurait été la bienvenue, notre future cousine !

– Oui, et bien je ne suis pas prêt de te la présenter, parce que si tu la maries déjà, tu vas lui faire peur ! rigola Alexandre.

– Tu as raison, mais trêve de plaisanterie ! Je suis surprise quand même que Gunther et Adélaïde ne soient pas encore arrivés ! Que font-ils ?

– On se demande, c'est vrai ! Mais dis-moi un peu, Célim, de ton côté, toujours pas d'homme dans ton cœur ?

– Oh, non, c'est le calme plat, et c'est très bien comme ça ! Depuis que j'ai quitté le père de Célia, pour moi c'est terminé, plus de vie à deux, je n'y crois plus ! Les hommes sont tous pareils, dès que leur régulière a le dos tourné, ils ne peuvent s'empêcher d'aller fricoter ailleurs, et moi je ne partage pas, je ne partage rien du tout !

– Quel sale caractère ! s'esclaffa Alexandre en souriant. Tu ne peux pas, comme ça, mettre tous les hommes dans le même panier ! Regarde, moi, par exemple, je ne suis pas du tout comme les hommes que tu décris !

– Non c'est sûr que toi tu es l'exception qui confirme la règle ! Mais je ne pense pas vraiment ce que j'ai dit. Simplement, je veux protéger ma fille des dégâts de ruptures hâtives. A son âge, comme elle a besoin d'une présence masculine auprès elle, elle s'attache vite. J'en ai fait moi-même l'expérience. Et pour Célia, cela a déjà été difficile, elle a subi les disputes que son père et moi n'avons pas réussi à lui éviter, alors je ne veux pas que cela se reproduise !

Après un laps de détente, une sonnette de théâtre retentit pour signer la fin de l'entracte.

Driiing... Driing...

Tous les invités rejoignirent leur place dans la salle de cinéma. Les sièges étaient confortables ; des voltaires, des crapauds, des bergères, un sofa ; alignés en arc de cercle devant l'écran ; les stores étaient entrebâillés pour tamiser la lumière du soir ensoleillé. Une collection de boîtes multicolores s'empilait sur la table basse. Oh, des mouchoirs en papier !

Cela faisait trois jours qu'ils festoyaient en l'absence de leurs hôtes...

Lorsque la séance recommença, il n'y avait plus de film, simplement les images d'une rue de Lausanne, murs de pierre grise, avec en bas de l'écran un cœur et dedans les visages de Gunther et Adélaïde, souriant de félicité. En ligne horizontale défilant en haut de l'image, des photographies diverses et variées des invités partageant des moments de Noël, Pâques ou 14 juillet avec Adé et Gunt.

La voix « off » reprit, masculine, suave et solennelle ; son discours captiva l'assemblée, par son retour en arrière et les explications qu'elle voulait donner. Les convives attendaient quelque chose, certainement l'arrivée des « stars » du voyage qu'ils venaient tous de partager... Mais un sentiment étrange régnait dans la salle.

Les paroles suivantes furent prononcées. Elles semblaient lire un texte préparé à l'avance.

Le Voyage
d'Adélaïde et Gunther

Adélaïde rêvait depuis si longtemps de voir du pays, Gunther également.

Après trois mois passés à dormir sur leur lit de fortune, et après mûre réflexion, ils avaient décidé de jouer le tout pour le tout !

C'était maintenant ou jamais.

Mais pas question de dépenser ce qui resterait et qu'ils avaient mis si longtemps à épargner. Ils avaient toujours pensé qu'ils pourraient vivre aisément jusqu'à la fin de leurs jours sans rien demander à personne ! Alors maintenant, ils s'étaient mis d'accord sur leur futur.

Après en avoir parlé avec leur avocat et leur notaire, ceux-ci organisèrent leur volonté : c'est ainsi qu'ils partiraient en voyage ! Mais il fallait choisir, ils ne pourraient pas tout faire ni tout voir !

Ils n'avaient pratiquement jamais voyagé auparavant ; jusque cet évènement saisonnier effroyable, cette tornade imprévisible, qui avait tout ravagé sur son passage ; la rivière, heureusement à plus de deux cents mètres de chez eux, avait gonflé et débordé en quelques minutes, charriant dans son lit des amas de branches arrachées par le vent et des déchets de toutes sortes qui avaient fini par obstruer le cours d'eau ; mais la force des eaux était phénoménale et dès qu'elles reprirent leurs droits, une énorme vague avait submergé la plaine en contrebas. Le vent s'était alors mis à rugir sous les toits, emportant tout sur son passage et ils avaient assisté, impuissants, au cataclysme de leur vie ; ils avaient vu tomber des pans entiers de leur maison, s'envoler leurs meubles, leurs biens ; tout ce qu'ils possédaient avait disparu d'un coup, brutalement ; heureusement, il n'y avait pas eu de victime, rien que des dégâts matériels énormes et quelques blessures légères. En apparence, du moins ; parce qu'au fond, ils étaient bouleversés et abattus ; leur vie de tant d'années à amasser et à réserver comme l'écureuil prévoyant, se résumait désormais à un vide béant, un grand trou noir. Ils n'avaient absolument plus rien ; les assurances n'avisant pas de les rembourser au prix du neuf, cela ne suffirait pas à leur payer un nouveau toit ; arrivés à leur âge, devraient-ils tout recommencer ? ...

Ils n'avaient plus où aller. Les services sociaux venus à la rescousse leur proposaient un hébergement d'urgence dans un gymnase de la ville épargné par l'ouragan. C'en était trop. Accablés par les cieux, ils s'étaient réfugiés dans le grenier de leur maison, du côté où le toit n'avait pas été arraché ; mais la moitié du lieu était à claire-voie, le plancher s'arrêtant net par endroit, au-dessus du vide ; ils avaient contacté leur assureur, le jour même de la catastrophe ; il leur avait demandé d'attendre un peu, le temps que l'expert vienne sur place. Mais quand ce fut fait, ils furent très déçus. Leur maison n'avait pas grande valeur, sur le plan marchand. Elle les abritait, simplement, sans prétention ; lorsqu'ils l'avaient construite, pratiquement de leurs propres mains il y avait plus de quarante ans, ils n'étaient pas bien riches ; juste assez pour construire l'essentiel, qui ne comptait que trois petites pièces. Mais sa valeur était bien plus affective que capitale. Ils y avaient passé toute leur vie, élevé leurs deux filles, ils y recevaient de temps en temps leurs petits enfants. C'était une perte inestimable pour eux ! Mais malheureusement, les conclusions de l'expert avaient été bien claires : leur maison ne pourrait pas être réparée car la charpente était trop endommagée, il fallait l'abattre entièrement et reconstruire. Mais ce n'était pas avec le dédommagement de l'assurance que ce serait possible, non ! Ils étaient condamnés à chercher une location, dans la mesure de leurs moyens, et ils savaient que ce serait introuvable – ils gagnaient trop peu – et de toute façon, aller vivre dans leurs cages à lapins, sans même un lopin de terre à cultiver, c'était impensable. Sinon essayer d'acheter un mobil home, mais dans ce cas, ils savaient aussi qu'ils devraient payer leur emplacement, et que dans cinq ans en gros, le propriétaire du terrain leur demanderait d'améliorer leur roulotte, voire de la changer ! Ils savaient bien que ce n'était pas viable. La seule solution qui leur restait était de se faire aider financièrement par leurs enfants. Mais ça, c'était hors de question ! Déjà, leurs filles leur avaient proposé de les héberger le temps de retrouver quelque chose, leurs amis aussi, mais ils avaient préféré refuser, souhaitant rester près de leur maison, même si elle ne risquait plus rien !

C'est à ces constatations qu'ils avaient décidé de tout planter là, et de partir...

*

Mais leurs tout premiers kilomètres, ils les avaient faits en TGV, jusqu'à Lausanne.

La destination n'était pas un choix, mais c'est là-bas que se trouvait la source de leur aventure... Avant de partir, ils avaient dû y déposer leur dossier, y répondre de leurs choix, pour obtenir leur visa et organiser leur départ.

Quand ils arrivèrent dans la ville, ils ne couraient pas, ils prenaient leur temps ; ils s'attablèrent à la terrasse d'un café, et commandèrent un diabolo menthe ; chacun était pensif, silencieux, essayant de s'isoler du reste du monde pour se recentrer sur sa propre décision et ses conséquences ; ils avaient pensé à leurs enfants, à leur famille et à leurs amis ; ils étaient tous si importants à leurs yeux ; ils avaient essayé d'imaginer leurs réactions, ils s'étaient mis à leur place, et en avaient conclu qu'ils auraient apprécié que leurs propres parents prennent une telle décision si cela s'était présenté ; ils savaient qu'ils allaient être mis sur la sellette, « cuisinés » et qu'ils allaient devoir défendre leur projet, leur idée de la vie. Ils en avaient déjà beaucoup parlé ensemble, bien sûr, et cela avait été comme une évidence. D'ailleurs, ils en avaient eu l'idée, ou le besoin, en même temps, l'un écoutant l'autre lui exprimer précisément la même chose, au même moment : « tu sais ce que je pense ? Ce que je voudrais ? » avaient-ils dit en même temps ; « non, vas-y, toi en premier », « non, toi d'abord » puis l'un finissant la phrase de l'autre « tu ne vas pas le croire, mais c'est exactement ce que je m'apprêtais à te dire ». Ils avaient donc fait le point sur ce désir commun, en avaient pesé le pour et le contre et en étaient arrivés à la conclusion qu'ils n'avaient pas d'autre alternative, au vu de leur détermination, que de tout mettre en œuvre pour y parvenir.

C'était donc en accord avec eux-mêmes et en toute sérénité qu'ils avaient pénétré dans l'institution nationale de Lausanne intitulée « *Printemps, Eté, Automne, Institut des trois saisons* ».

Dès leur arrivée, ils avaient été pris en charge par une hôtesse très élégante, souriante et attentionnée, qui les avait conduits dans la salle d'attente du Docteur Cairmat ; une musique d'ambiance apaisait l'atmosphère, au demeurant très douce ; après cinq minutes environ, le docteur appela :

— Madame Adélaïde Queroy.

Elle se leva aussitôt, et s'approcha du médecin en faisant derrière elle un petit signe à son mari.

— Bonjour Madame, si vous voulez bien me suivre...

Adélaïde obéit et se retrouva dans le cabinet de Cairmat, assise devant son bureau.

— Bien, je me présente : je suis le docteur Cairmat, psychiatre, et nous allons faire un point de vos motivations à être ici. Puis j'en ferai de même avec votre époux. Vous sentez-vous confortable pour débuter ?

En entendant la suissesse parler, Adélaïde imagina que la voix de son interlocutrice descendait et remontait les rapides d'un torrent alpin, au rythme de ses intonations traînantes. Pas de doute, elle en reconnaissait bien l'accent.

— Oui, très bien, merci ; je suis prête.

Ils connaissaient la procédure et son déroulement leur avait été expliqué. Ils savaient qu'ils seraient interrogés séparément sur leur choix et s'y étaient préparés ; ils trouvaient d'ailleurs que c'était bien normal pour avoir des certitudes sur le caractère personnel de ce choix.

— Bien, donc nous allons commencer. Tout d'abord, j'aimerais que vous m'expliquiez les raisons d'un choix aussi radical.

Adélaïde laissa le silence s'installer entre elles quelques minutes, pour ajuster ses pensées et commença :

— Et bien, nous vivons ensemble, avec mon mari, depuis plus

de 45 ans. Moi j'ai 76 ans, et Gunther en a 77. Nous sommes tous les deux malades. Moi avec une rechute de cancer déjà bien avancé, du diabète, et des complications ophtalmologiques ; dans quelques années, mais mon espérance de vie ne va pas jusque là, je ne verrai plus rien ; en plus, je ne peux rien goûter des plaisirs culinaires du quotidien car les traitements me donnent la nausée, et je suis obligée d'un régime draconien ; tout cela m'épuise.

– D'accord Madame Queroy, mais enfin, vous n'en êtes pas encore au stade terminal de votre cancer, et vous savez, on vit très bien avec du diabète. Et si vous faites attention, vous ne deviendrez pas aveugle non plus !

Le Docteur Cairmat employait un ton dissuasif depuis le début de l'entretien, dans le but évident de déceler les failles de sa motivation. Mais Adélaïde était bien au clair et répondit :

– Vous savez, Docteur, personne ne le dit jamais, mais moi je sais que l'échéance finale n'est pas loin. C'est d'autant plus difficile pour moi, de devoir faire attention ! C'est ce que je ne supporte plus ! C'est épuisant et rend la vie triste et monotone. Mais ce n'est pas la cause principale de mon choix.

– Ah ? Et quoi d'autre ?

Le médecin allait et venait de la fenêtre à son bureau, sans jamais regarder Adélaïde, qui continua :

– Il y a quatre mois, nous avons subi un terrible ouragan, qui a tout emporté sur son passage ! Notre maison, nos biens, tout a disparu ! Il ne nous reste plus rien ! Le remboursement de l'assurance ne nous permet pas de racheter une maison, tout juste serait-il suffisant pour acheter un mobil home... mais il nous faudrait encore payer le terrain où le poser ! Et ce n'est pas possible, même en location. Nos pensions de retraites sont insuffisantes pour supporter une telle charge. Nous avons égrené toutes les possibilités, une à une ; nous avons tout envisagé, mais nous en revenons inlassablement au même résultat. L'unique solution serait de mettre nos enfants à contribution, et cela n'est pas concevable pour nous.

– Mais vous parlez toujours de vous et de votre mari. Votre mari ne m'intéresse pas pour l'instant ! C'est VOUS qui êtes là ! Et je veux savoir quelle est VOTRE décision, VOTRE choix à VOUS ?

Son ton était toujours le même et Adélaïde paniqua à l'idée qu'à cause d'elle, LEUR souhait puisse être évincé. Ils avaient discuté de cette éventualité avant de venir, mais n'avaient pas trouvé de solution de rechange. Il fallait à tout prix qu'ils réussissent à convaincre.

– Mais je suis obligée de vous parler de nous deux, parce que toute notre vie a été comme cela, nous avons toujours tout fait ensemble, nous avons toujours été d'accord tous les deux ; il est mon âme sœur, vous comprenez ? Quand nous en avons parlé la première fois, il continuait ma phrase et je finissais la sienne ! Nous avons envisagé ce projet chacun de notre côté, mais en même temps, et ensemble ! Nous sommes comme ça, plus que des frère et sœur !

Le docteur Cairmat l'observait maintenant, un peu surprise, et Adélaïde l'aurait parié, un peu envieuse, d'un tel état de fusion entre deux êtres ! Mais, très professionnelle, elle se ressaisit très vite et conclut :

– Bien, Madame Queroy, qu'avez-vous à me dire en ce qui concerne vos proches ?

Adélaïde ferma les yeux un instant, puis sourit à l'évocation du cadeau immense qu'ils s'apprêtaient, eux, parents, à faire à leurs enfants et les mots retentirent sans peine :

– Je sais que nous allons choquer par notre décision, mais je sais aussi que nous restons dans l'ordre des choses... Je sais que je ne veux pas laisser la charge à mes enfants de signer un jour, à ma place, mon arrêté de mort, parce que je serai un jour inconsciente et incapable de le faire moi-même. C'est ma volonté et c'est mon droit de décider, moi seule, en pleine conscience, de poursuivre ma vie ou pas... je ne suis ni dépressive ni amère ; j'ai eu une vie bien remplie, et il me semble que ce serait dommage de gâcher tout ce bonheur par une fin de vie miséreuse et douloureuse. C'est dans cet esprit que je demande votre aide.

Un nouveau silence s'établit, puis le Docteur Cairmat dit :

– Avez-vous d'autres éléments à ajouter qui pourraient faire pencher la balance vers votre désir ?

– Non, Madame, je crois vous avoir tout dit...

L'entretien se termina ainsi, et le médecin fit entrer Gunther à son tour.

– Bonjour Monsieur Queroy.

Le Docteur Caimat questionna Gunther de la même façon qu'elle l'avait fait pour Adélaïde. Il expliqua sa difficulté à supporter sa maladie neurologique – un Parkinson – qui ne lui laissait aucun répit et qui ne pouvait bénéficier d'aucun traitement curatif. Il s'était renseigné auprès de son neurologue à l'hôpital de la Pitié à Paris pour pouvoir bénéficier des dernières avancées dans ce domaine, mais la réponse avait été claire : il ne faisait pas partie des cas pouvant en profiter.

Ensuite, il parla de la façon dont ce choix s'était imposé, et le Docteur Cairmat fut vite agacée d'entendre la même histoire dans la bouche de Gunther, qui se défendit ainsi :

— Mais, Docteur, Adélaïde est ma femme depuis plus de 40 ans, nous avons toujours tout fait ensemble, nous avons toujours pensé les mêmes choses aux mêmes moments, je sais ce qu'elle va penser ou dire avant qu'elle ne le pense ou ne le dise, et c'est vrai dans le sens inverse ! Je n'y peux rien, elle est mon AUTRE, plus que ma sœur !

Le Docteur Cairmat était à nouveau subjuguée par un tel sentiment, si profond, qu'elle pressentait comme irrépressible entre les époux. Elle donna congé à Gunther, salua Adélaïde d'un signe de tête dans la salle d'attente et promit une réponse rapide à leur demande. Bien sûr, elle ne serait pas seule à décider du bien fondé de leur requête, il y aurait une commission qui statuerait, comme tous les mois depuis cinq années que la structure existait, sur toutes les demandes en cours.

Puis ils seraient contactés et pourraient alors décider de la date de leur départ.

*

Cinq semaines avaient passé après leur rendez-vous à Lausanne avec le Docteur Cairmat lorsque le courrier arriva en recommandé, amené par le facteur. Leurs cœurs battaient à l'unisson en ouvrant l'enveloppe qui contenait leur destin : ouf ! La lettre était favorable, leur candidature était retenue, ils devaient maintenant communiquer la date à laquelle ils partiraient. Ils l'avaient décidé dès le premier jour, ce serait le 13 septembre, date anniversaire de leur mariage, date hautement symbolique pour tous les deux. Et c'était dans un mois...

Le 12, ils partirent donc à nouveau jusqu'à Lausanne, qui serait leur point de départ, leur aéroport, leur embarcadère. Ils furent pris en charge comme prévu à 00h00 le 13 septembre.

L'hôtesse les accompagna jusqu'à la salle d'appareillage, où elle les aida à s'installer dans leurs fauteuils. C'est elle aussi qui attacha leur ceinture, puis inclina leurs sièges :

— Vous êtes bien installés Messieurs Dames ?

— Très bien, merci ! répondirent-ils ensemble.

Comme ils se tenaient la main, l'assistante leur proposa de leur lier les deux mains avec un joli ruban rouge pour qu'ils soient sûrs de ne pas être séparés pendant leur voyage, même s'ils s'endormaient. Ils acceptèrent, enchantés de cette bonne idée.

Le Docteur Cairmat entra à ce moment. Elle était chargée de les accompagner et de les aider à partir. Ce qu'elle fit sans remords, après l'ultime accord de ses clients.

Sans s'en rendre compte, Gunther et Adélaïde s'assoupirent.

C'est alors que leur voyage commença.

*

Une dizaine de fauteuils dans la salle de projection de l'institution lausannoise était occupée. La maison louée par Adélaïde et Gunther lui appartenait. L' « institut des trois saisons » la réservait aux clients qui souhaitaient organiser une réception à l'occasion de leur voyage.

Céleste, Célimène, Célia, Galiana, Georges, Gina, Gaby, Alexandre, John et Lucien avaient tous reçu une invitation à venir passer quelques jours « comme avant » sur les rives du Lac Léman. Certains étaient frères ou sœurs, cousins ou cousines,

123

ou encore oncles et tantes. D'autres cumulaient plusieurs parentés. Beaucoup de degrés familiaux étaient représentés dans cette pièce et les amis de la famille également.

Mais il y avait aussi un notaire et un avocat.

Le film touchait à sa fin ; des boîtes de mouchoirs étaient à la disposition de ceux qui en auraient besoin.

Les convives avaient maintenant toutes les cartes en mains pour appréhender la nouvelle à venir. Et les pleurs ne s'arrêteraient plus.

Gunther et Adélaïde avaient souhaité partager leur dernier voyage avec eux, et c'est ainsi qu'ils les avaient suivis en Irlande, à San Francisco, à Venise ou au Bhoutan. Leur famille et leurs amis proches avaient vécu avec eux leurs derniers sourires, leurs dernières paroles, leurs derniers souvenirs, leurs derniers moments.

« L'institut » avait réalisé un travail remarquable en sélectionnant les meilleurs moments du voyage de leurs clients, durant leurs dernières heures qui avaient été celles d'un voyage imaginaire, virtuel, organisé selon les vœux des postulants, sous drogue puissante, et injection létale terminale.

Tout avait été orchestré pour ne rien laisser au hasard.

Après la projection, Edmond, qui s'était transformé en homme de cérémonie, tout vêtu de noir, invita le notaire et l'avocat à se lever et à prendre la parole, comme prévu.

Le notaire se présenta, dit quelques mots en direction de l'avocat, et expliqua les dernières volontés des défunts, sous les yeux ébahis de l'assistance. Il raconta que leurs parents et amis avaient pris leur décision après la terrible tempête dont ils avaient été victimes, lorsqu'ils avaient eu connaissance du montant de leur indemnisation par la compagnie d'assurance et suite à la dégradation de leur état de santé. Ils avaient été particulièrement touchés, lorsqu'à l'occasion d'une visite à l'hôpital auprès d'une voisine malade, ils étaient tombés sur un texte écrit par une vieille dame terminant sa vie en gériatrie, et qui disait ceci :

« *Que vois-tu, toi qui me soignes, que penses-tu ?*
Quand tu me regardes, que vois-tu ?

Une vieille femme grincheuse, un peu folle,
Le regard perdu, qui bave quand elle mange et ne répond jamais
Quand tu dis d'une voix forte « essayez » et qui semble ne prêter
aucune attention à ce qu'elle fait ...
Qui, docile ou non, te laisse faire à ta guise,
Le bain et les repas pour occuper la longue journée.

C'est ça que tu penses, c'est ça que tu vois ?
Alors ouvre les yeux, ce n'est pas moi.

Je vais te dire qui je suis, assise là, tranquille,
Me déplaçant à ton ordre, mangeant quand tu veux...

Je suis la dernière des dix, avec un père, une mère,
Des frères, des sœurs qui s'aiment entre eux ...
Une jeune fille de seize ans, des ailes aux pieds,
Rêvant que bientôt elle rencontrera un fiancé ...
Déjà vingt ans, mon cœur bondit de joie
Au souvenir des vœux que j'ai faits ce jour-là.

J'ai vingt cinq ans maintenant et un enfant à moi,
Qui a besoin de moi, pour lui construire une maison...
Une femme de trente ans, mon enfant grandit vite,
Nous sommes liés l'un à l'autre par des liens qui dureront ...

Quarante ans, bientôt il ne sera plus là,
Mais mon homme est à mes côté et veille sur moi.
Cinquante ans, à nouveau jouent autour de moi des bébés
Nous revoilà avec des enfants, moi et mon bien-aimé.

Voici les jours noirs, mon mari meurt.
Je regarde vers le futur en frémissant de peur
Car mes enfants sont très occupés pour élever les leurs
Et pense aux années et à l'amour que j'ai connus.

Je suis vieille maintenant et la vie est cruelle et
Elle s'amuse à faire passer la vieille pour folle.
Mon corps s'en va.
Grâce et forme m'abandonnent.
Et il y a une pierre là où jadis il y avait un cœur.

Mais dans cette vieille carcasse, la jeune fille demeure.
Le vieux cœur se gonfle sans relâche.
Je me souviens des joies et des peines.
Et à nouveau je revis ma vie et j'aime ...
Je repense aux années trop courtes et trop vite passées
Et accepte cette réalité implacable.

Alors ouvre les yeux, toi qui me regardes et qui me soignes,
Ce n'est pas la vieille femme grincheuse que tu vois ...

Regardes mieux et tu verras... »

Cet écrit traduisait exactement ce qu'ils ne voulaient pas pour eux-mêmes.

– Je ne comprends pas, je passais les voir deux ou trois fois par semaine, dans les locaux où ils étaient hébergés, et dernièrement ils avaient déménagé dans un mobil home prêté par la mairie... Ils y étaient pas mal installés !

– Moi je leur ai proposé plusieurs fois de venir habiter chez nous ; nous avions de la place, mais ils ont toujours refusé !

– Oui moi aussi je leur ai proposé de leur prêter ma maison de campagne, mais c'est pareil, ils ne voulaient pas !

– Ils ne nous ont rien dit, c'est ça le plus dur ; si on avait su, on aurait pu les dissuader d'un tel geste !

Chacun y allait de son regret et de son amertume, dans des épanchements larmoyants. C'était compréhensible. Mais complètement à l'opposé de ce qu'avaient souhaité Gunther et Adélaïde.

C'est ainsi que le notaire poursuivit :

– Mesdames, Messieurs, nous comprenons votre émoi, et nous compatissons à votre douleur. Mais sachez que Monsieur et Madame Queroy ont pris cette décision en parfait état de conscience et en pleine possession de leurs moyens physiques et mentaux. Ils ont pris certaines dispositions que vous devrez suivre à la lettre et qui permettront à leurs deux filles d'hériter de leurs parents. Il s'agit du montant remboursé par les assurances en dédommagement de la perte de leur maison. Cette maison était toute leur vie, vous le savez mieux que moi, parce qu'ils l'avaient construite en pensant qu'un jour elle reviendrait à leurs enfants ; la somme dont vous hériterez – il regardait Galiana et Gaby – représente la sueur et le courage de vos parents, ce n'est pas rien... Voici donc ce qu'ils ont voulu :

1/Vos proches souhaitaient partager leur ultime voyage avec vous, c'est fait.

2/ Ils ont voulu être incinérés ensemble : cela vient d'être fait pendant cette dernière partie de la projection...

Un « Oh ! » de concert et d'émotion retentit dans la salle ; le triste soupir était éprouvant, même pour les organisateurs.

Mais le notaire continua, imperturbable, et alors que l'homme de loi énumérait les dispositions prises par les défunts, un chambard gravitait dans l'assemblée, murmurant au scandale, à l'indignation et à l'infamie.

Malgré tout, la succession se poursuivit sans relâche, ramenant tout le monde à un silence religieux :

3/Un dîner de gala vous sera servi, disais-je, auquel vous devrez tous assister. Nous y serons également, Maitre Souby et moi-même, pour le vérifier.

4/Avant ce dîner, un lâcher de ballons sera organisé. C'était un moment très important pour vos défunts, ils y tenaient beaucoup. Dans les ballons qui seront utilisés, leurs cendres auront été réparties ; c'est ainsi que, comme ils le souhaitaient ardemment, ils continueront de voyager, intimement liés, en mille lieux simultanément.

5/Pour finir, un D.J. est à votre disposition pour toute la nuit, et vos proches l'ont payé très cher pour vous faire danser et vous faire sourire en leur mémoire !

– Mais pour l'instant, après toutes ces émotions si fortes, je laisse la parole au Maître de Cérémonie.

Edmond, très digne, s'avança et proposa, après quelques instants d'ébrouement des participants, un moment de recueillement et de souvenir. L'écran et le projecteur avaient été retirés. A la place, disposées en demi-cercle devant l'assistance, de petites colonnes supportaient d'immenses bougies flambant neuves qui réchauffaient les cœurs. Entre deux sanglots, Célimène se pencha vers Alexandre et murmura :

– Je comprends maintenant pourquoi Gunther et Adélaïde nous ont réunis de l'autre côté de la frontière[12]...

– C'est vrai, je n'avais pas fait le rapprochement. Ça n'aurait pas été possible d'organiser une chose pareille en France !

John qui les avait entendus s'immisça dans l'échange :

– Malheureusement, je dirais ! Mais cela n'engage que moi !

Galiana, submergée par l'émotion, remit tout le monde au silence en répondant, exaspérée :

– Vous croyez vraiment que c'est le moment de débattre du sujet ?

Puis, une femme en tailleur rouge s'approcha, tenant d'une main un bouquet de ballons multicolores prêts à s'envoler, et de l'autre des masques vénitiens et des albums-souvenirs qu'elle distribua.

Dans les têtes, yeux baissés, la méditation s'agitait.

Puis, à la vue du spectacle, certains se permirent une esquisse souriante ; d'autres, ne sachant que penser, préférèrent rester sur leur quant-à-soi.

N'empêche que lorsque les ballons s'envolèrent, tous les visages s'illuminèrent et les bouches s'élargirent... Peut-être même un peu plus lorsque quelques baudruches, dans un joyeux tourbillon, éclatèrent dans l'air frais, confinant à la pétarade d'adieu.

---

12 En suisse, dans la réalité, l'euthanasie active directe est interdite, mais l'euthanasie passive est tolérée. L'aide au suicide est légale si elle est accompagnée du feu vert d'un seul médecin.

Epilogue
Samedi 14 septembre 2019

Le chemin des sables menait droit aux dunes lacustres ; cette rue, ils l'avaient tous parcourue au moins une fois dans leur vie estivale ; il fallait y marcher sur un peu plus d'un kilomètre, bitume ensablé, bourrasques cinglantes d'infimes cristaux de quartz, pour arriver sur la plage, précédée des dunes et entrelacs.

Le chalet de bois, avec sa façade de frises flammées et perforées en autant de petits sapins décoratifs, s'imposait entre deux bâtisses identiques, et donnait sur cette rue nommée « Chemin des sables ». Le chalet avait au moins trente ans, puisqu'ils l'avaient connu depuis l'enfance ; c'était l'endroit où ils se réunissaient tous les ans, à la fin des vacances, pour une semaine ou quelques jours, c'était selon les possibilités de chacun ; Adélaïde et Gunther le louaient tout l'été, y gardaient leurs petits enfants, puis c'était le tour des parents d'arriver, et celui des amis ; quand ils y étaient tous réunis, cela faisait une sacrée tablée, et l'ambiance chaleureuse qui régnait durant ces vacances leur était salutaire.

Ce samedi 14 septembre 2019, ils avaient décidé de se retrouver tous une nouvelle fois, pour cette cousinade d'été, cet anniversaire. Mais c'était promis, aucune surprise à l'horizon. En hommage à Adélaïde et Gunther, ils se rejoindraient désormais tous les ans à cet endroit, près du lac Léman, dans la petite maison d'Excenevex, surnommée le « Chalet des Sables » qu'ils avaient eu l'habitude de louer dans leur enfance.

Après le terrible coup de théâtre qui avait clôturé leurs retrouvailles l'année dernière, de l'autre côté du lac, en Suisse, ils avaient difficilement refait surface. Au lieu de les rassembler comme Adélaïde et Gunther l'aurait souhaité, l'épopée funéraire les avait éloignés les uns des autres. Trop d'interrogations qui ne trouvaient pas leurs formulations, trop de sentiments refoulés qui les avaient envahis ; la litanie des pourquoi avait égrené son chapelet de culpabilités en tous genres. Surtout après la soirée « disco » organisée pour les funérailles. Certains avaient dansé ; ils avaient osé… En fait, tous, à un moment ou à un autre, s'étaient permis ce petit relâchement. Qu'il avait été difficile pour chacun de savoir comment se comporter dans une telle situation ; le regard des autres, qui sera le premier à céder à la tentation ? Ou lequel restera de marbre et le regard triste ? Et puis, c'était humain, d'oublier, un peu, quelques instants seulement, que leurs parents ou amis venaient de mourir… La musique, si gaie, les lumières psychédéliques et les enfants qui riaient, qui couraient, qui s'amusaient… Les loups vénitiens avaient été très utiles mais n'avaient masqué que les apparences !

En dehors de Gaby et Galiana qui étaient devenues voisines, les autres ne s'étaient pas revus de l'année, ce qui était rare. Dans le temps, tout était prétexte à se réunir, bien souvent chez Adé et Gunt. Leur maison n'était pas bien grande, mais en poussant un peu les meubles, Adé réussissait toujours à disposer sa table pour accueillir tout le monde. Cette année, bien sûr, cela n'avait pas été possible. Et l'envie n'y était pas, de toute façon. Il fallait un peu de temps pour digérer les faits...

L'arrière saison était agréable, encore tiède et ensoleillée. C'était Galiana et Gaby qui avaient organisé la réunion, et tous avaient accepté d'être là, pour elles, et en souvenir de leurs parents.

– Tu as fini de faire les lits, Galiana ? demanda Gaby à sa sœur.

– Presque, je finis le lit de John et Lucien, et je descends.

– Parfait, car je vais avoir besoin de ton aide pour installer la table sur la terrasse.

– Mais, où se trouve Georges ? C'est plutôt à lui que tu devrais demander !

– Je crois qu'il est avec les enfants ; ils sont partis sur le chemin.

– Bon, et bien, j'arrive dans cinq minutes alors...

Elle s'arrêta quelques instants, penchée à la fenêtre d'une des chambres qu'elle avait préparées et en contemplant le paysage magnifique qui s'étalait sous ses yeux, elle prit conscience de la bonne tournure que prenait la vie de sa famille. Gaylor était toujours sous traitement psychiatrique, mais à faible dose, et il n'avait pas fait de nouvel épisode d'hallucinations depuis l'année dernière. Elle le sentait toujours « sur le fil du rasoir », prêt à exploser à tout instant ; il avait maintenant 13 ans, et s'était métamorphosé en jeune homme, plus ou moins bien dans sa peau... Classique adolescence, en somme. Heureusement, il trouvait régulièrement refuge chez sa tante, Gaby, qui, vivant seule, l'accueillait toujours sans poser de questions. Elle s'en tenait simplement à prévenir la mère du garçon, comme convenu entre les deux sœurs. Georges et Galiana ne regrettaient pas leur déménagement, bien qu'il ait été prévu au départ plutôt pour se rapprocher de ses parents. Mais leur disparition ne les en avait pas dissuadés, au contraire. Gaby était de très bonne influence sur leur fils, et ça comptait.

Les cinq chambres étaient toutes semblables ; autrefois coquette, la déco n'avait pas été refaite depuis des lustres. Spacieuses sans être démesurées, elles étaient disposées en cercle autour du vaste salon-séjour, pièce principale de vie où ils se réuniraient pour les repas, les soirées, les bavardages, les jeux des enfants. Comme avant, quoi !

John et Lucien arrivèrent par le train en fin d'après midi, à Thonon, où Georges les récupéra. Quant à Céleste, Célimène et Célia, c'est Alexandre qui les achemina par l'A40 à bord de sa luxueuse berline. Ils se retrouvèrent tous pour le dîner.

– Oh ! Céleste, Célimène, que nous sommes heureux de vous voir ! Célia n'est pas avec vous ?

Galiana et Gaby attendaient les arrivants avec plaisir et inquiétude.

– Si, si, elle est déjà partie jouer avec Gina et Gaylor. Nous aussi, on est vraiment heureuses de vous retrouver et d'être tous ensemble, malgré tout, répondit Célimène.

– C'est vrai, après la consternation que nous avons tous ressentie, je n'aurais pas cru cela possible, de se retrouver ici, au beau milieu de tous les souvenirs qui hantent cette maison...

Céleste était émue, son œil brillait d'un léger désarroi.

Alexandre embrassa ses cousines et l'étreinte en disait long sur son sentiment partagé de joie et de peine éprouvées. Avec Célimène, ils ne s'étaient pas vus pendant toute cette année ;

trop de travail ; beaucoup d'occupations ; mais ils s'étaient mailés régulièrement, s'informant ainsi des aléas de leurs vies. Il était accompagné d'Alida, dont le profil s'arrondissait d'un futur nouveau-né. Elle avait fait connaissance avec Célimène pendant le voyage ; elles seraient certainement amies. Célimène lui avait même confié le livre de sa mère, pour qu'elle lise la belle histoire qu'elle y avait racontée et dont elle était très fière maintenant de dire que c'était SON histoire, à elle aussi.

Les sœurs avaient préparé un barbecue, la tiédeur des soirs y était encore propice. La table ovale était habillée d'une nappe fleurie bleu pâle dont les pans voletaient sous la brise marine ; la vaisselle de supermarché se laissait prendre par l'ambiance campagnarde avec ses dentelles gravées et sa verroterie délavée, les galettes de chaises émoussées accueillaient bravement les convives. Lucien décida de prendre les choses en mains, et fit asseoir tout le monde. Avec l'aide de John, son complice de toujours, ils ouvrirent les bouteilles de rosé et servirent d'office tous les adultes.

– Rien de tel qu'un bon verre de vin pour détendre l'atmosphère et délier les langues, assurèrent-ils.

Et effectivement, les défenses tombèrent après quelques gorgées, permettant à chacun de déposer son ressenti sur l'autel des souvenirs qu'était le chalet du chemin des sables.

C'est Alexandre qui commença.

Il s'adressait surtout à John et Lucien, réputés pour leur discernement objectif dans les situations sérieuses.

– Moi, la question qui me tarabuste depuis septembre dernier, c'est que je me demande si Adélaïde et Gunther ont pensé à nous (mais je suis sûr que oui), et surtout comment ils y ont pensé ; je me demande ce qu'ils se sont dit, est-ce qu'ils pensaient qu'on pourrait supporter leur geste, surtout Galiana et Gaby ? Comment ont-ils envisagé cela ?

« ...

– *Ça risque d'être difficile pour les filles, non ? interrogea Gunther.*

– *Tu sais, je crois que tout ce qui concernera notre santé et notre vie, si ça penche vers la dégradation, forcément ce sera pénible pour Gaby et Galiana.*

– *C'est vrai, Adé, tu as raison. Comme de toute façon ça va empirer un jour ou l'autre, autant prendre les devants.*

– *Oui, si nous arrivons à leur faire admettre que c'est notre choix, elles admettront aussi que nous avons fait le bon.* »

Célimène prit le relais de la réflexion :

– Ou alors, peut-être n'y ont-ils même pas pensé ? Ou si peu que tout ce qui comptait, c'était eux, leur décision et c'est tout ? Ils ne se sont peut-être posé aucune question à notre sujet ?

« ...

– *Oh, tu sais Gunther, ils n'auront pas le choix, on ne leur demande pas leur avis, un point c'est tout !*

– *De toute façon, ce sera fait quand ils l'apprendront, ils ne pourront rien y changer, et puis ils oublieront, tu ne crois pas ?!* »

Lucien répondit que cette éventualité ne collait pas avec l'invitation que Gunther et Adélaïde leur avaient envoyée.

Céleste tenta elle aussi une autre échéance :

– Peut-être ont-ils voulu simplement faire un « coup d'éclat ». Adé était un peu comme ça, à fanfaronner souvent, n'est-ce pas ?

Gaby et Galiana se regardaient, quelque peu affligées par ces paroles.

— Arrêtez vos divagations, s'il vous plait, demanda Galiana. Vous ne vous rendez pas compte de ce que vous dites. Bien sûr que nos parents ont pensé à nous, à vous. Ils ont marqué nos vies à jamais, aussi bien de leur vivant que de leur mort ! C'est vraiment exceptionnel comme bilan, vous ne croyez pas ? Alors arrêtez de torturer vos esprits et les nôtres, parce que ça ne va pas être possible !

Galiana n'en pouvait plus, entre l'impatience et l'anxiété des retrouvailles, pour supporter plus longtemps ces doutes sur la bienveillance de leurs parents. John, sentant monter l'exaspération des sœurs, détourna la conversation.

— Et sinon, comment avez-vous annoncé le décès de leurs grands parents à vos enfants ? questionna-t-il en direction des deux mamans.

— Nous, avec Georges, on a d'abord pensé que Gina et Célia avaient compris... En nous voyant pleurer dans la salle de projection... Et elles ont assisté, elles aussi, à toute la cérémonie funèbre ; mais en fin de compte, de notre côté, on s'est aperçu que Gina – elle n'avait que sept ans – n'a pas retenu la tristesse de ces moments ; non, elle s'est souvenu des ballons qui ont éclaté dans le ciel, de la soirée avec l'animateur qui s'est bien occupé d'elles. Donc nous devions l'annoncer à Gaylor et à Gina en même temps ; alors nous avons préféré leur dire la vérité... Avec des nuances, bien sûr, pour atténuer la brutalité des images qu'ils auraient pu se mettre en tête, affirma Galiana.

— Ah ? Comment avez-vous fait ? C'est tellement délicat de dire les choses sans les dire ! interrogea Céleste.

— Mais nous les avons dites ! Et tu as employé le bon mot,

Céleste, nous leur avons dit avec « délicatesse »... Nous avons expliqué à Gaylor et à Gina que leurs grands parents étaient malades, âgés, et qu'ils avaient tout perdu à cause d'une tempête.

Georges vint au secours de son épouse et continua :

– Oui, nous en avons profité pour parler avec eux de la mort, nous avons essayé de démystifier cette étape de la vie qui nous effraie tant. Je crois qu'ils ont compris que la mort était une chose naturelle, et qu'il était tout aussi naturel de pouvoir décider de l'heure de sa venue.

– De toute façon, nous n'avions pas le choix, car notre fils est dans une mauvaise passe psychologique en ce moment, et il n'était pas pensable de lui mentir ! continua Galiana.

Tout en mordant dans sa cuisse de poulet, Lucien argumenta :

– Vous avez bien fait de ne rien cacher à vos enfants ; le suicide d'Adélaïde et de Gunther a été difficile à vivre pour nous, mais c'est peut-être parce que nous nous sommes sentis, comment dirais-je, abandonnés par eux ?

– C'est exactement ce que j'ai ressenti, dit Céleste. Je me suis sentie presque bafouée en tant que sœur d'Adélaïde. Si elle m'en avait parlé avant, j'aurais peut-être compris et j'aurais pu accepter, alors que là, leur geste ne passe pas, nous avions encore tellement de choses à nous dire et à partager !

– Je comprends Maman.

Céleste larmoyait en s'épanchant ainsi de son amertume, et Célimène l'étreignit chaleureusement. Puis elle reprit à son tour :

– Mais tu sais, *on se suicide quand il est devenu plus difficile de vivre que de mourir* [13] ! Moi, maintenant, j'ai gardé dans ma tête le souvenir de ma tante et de mon oncle en bonne santé, souriants et heureux de vivre. Même l'étape pendant laquelle ils n'avaient plus de maison commence à s'effacer de ma mémoire ! En fait, maintenant, c'est comme s'ils étaient devenus immortels, puisqu'on ne les verra jamais plus vieux, ils ne se dégraderont pas non plus, ils ne deviendront jamais une charge pour leurs enfants. Moi, je crois qu'ils nous ont fait un sacré cadeau que de rester intacts comme cela !

– Bien, moi, j'aimerais bien penser ça ! s'esclaffa Gaby. Mais ce n'est pas du tout le cas. Moi, je me sens coupable. Depuis un an que papa et maman ont disparu de cette manière, je ressasse sans cesse les dernières fois où l'on s'est vu.

– Moi pareil, interrompit Galiana. C'est les derniers coups de fils qu'on a eus ensemble avec maman surtout, où je n'ai pas su déceler leur désespoir...

– Mais Galiana, tes parents n'étaient pas désespérés ! expliqua John. Nous les avons vus quelques jours avant de partir pour Vevey, ils étaient extrêmement heureux, on sentait en eux une quiétude et une paix que nous n'avions jamais vues chez eux. Ils étaient simplement fatigués ! N'oubliez pas qu'ils étaient malades !

– Oui, mais, à propos de maladies, qu'ont-ils fait de l'espoir, vous savez, cette petite flamme que nous avons tous en nous, je crois, qui nous fait entrevoir que tout va s'arranger, que jour après jour, des traitements seront trouvés pour chaque pathologie... Je me dis qu'il y a UN jour, le jour J, où la molécule miracle ou le vaccin sont trouvés, pour soigner tel ou tel mal ; c'est bien comme ça que ça se passe, non ? La veille on ne détient pas

---

13 Stone

encore le savoir du lendemain ! Alors en fin de compte, on peut toujours escompter être à la veille d'une découverte...

— C'est vrai, tu as raison. Mais, passé un certain âge, il faut dire que le temps compte triple ! Car sais-tu ce que c'est que d'être vieux ? Les gens âgés, même quand ils se plaignent, sont loin de vous montrer toute la difficulté, toute la douleur qu'ils peuvent ressentir, ni tout le temps qu'ils peuvent passer, ne se-rait-ce que pour se lever le matin ; vous, en trente secondes, vous être hors du lit, vous vous habillez prestement, enfilez chacun de vos vêtements dans des gestes fluides... Eux, ce sera une série de tentatives suivies d'échecs répétés pour passer un bras dans une manche, un pied dans le pantalon et une demi-heure au moins, s'ils y arrivent, pour se montrer décents au lever !

— Et vous savez, à posteriori, je crois que le bonheur que nous avons vu chez eux était dû à leur certitude de finir ensemble et en même temps, sans s'abandonner l'un après l'autre au bon vouloir de leurs maladies !

— Ah ? Si c'est si bien, pourquoi vous n'en faites pas autant, John, Lucien ? demanda Alexandre. Moi, mes parents sont morts depuis quelques années, et j'avoue que j'aurais préféré qu'ils ne soient pas malades, ne pas les voir s'abîmer petit à petit, l'un après l'autre ; mais s'ils avaient dû se suicider avant d'être ma-lades, ils auraient dû nous quitter pratiquement cinq ans plus tôt ! Alors que pendant ces cinq années, même s'ils étaient mal, nous avons quand même passé de bon moments ensemble ! Ça compte quand même !

— Tu as tout à fait raison, Alex, ça compte évidemment. Nous, nous n'envisageons pas un tel geste, et je crois pouvoir parler en ton nom, Lucien, n'est-ce pas ? John interrogeait son ami du regard.

Lucien n'avait jamais ressenti le besoin de parler de sa maladie à quelqu'un d'autre que John, qu'il avait désigné comme personne de confiance à l'hôpital où il était suivi tous les six mois ; si la maladie le rattrapait, il était entendu entre eux que John prendrait la décision de refuser tout acharnement thérapeutique, s'il ne pouvait le faire lui-même. Et ce serait pareil si c'était John qui tombait malade. Mais ils n'avaient jamais envisagé une mise en scène de leur mort comme l'avaient fait Adélaïde et Gunther. Il fallait bien reconnaître que ce couple était en fusion et que c'était ça qui avait rendu possible leur choix funèbre. John et Lucien, eux, étaient comme frères, ils n'avaient pas l'âme sœur, et c'était là une très grande différence pour une telle oraison.

— Non, c'est vrai, nous n'envisageons pas d'organiser notre départ, mais nous ne souhaitons pas pour autant terminer comme des légumes dans un lit en maison de retraite ! On va devoir en parler, d'ailleurs, hein John ?

Alexandre écoutait, pensif, et intervint :

— Je me pose cependant une question importante, qui peut paraître déplacée : combien ça leur a coûté ?

— Oh, Alexandre ! Célimène arborait un sourire en coin et prenait un air outré pour réprimander gentiment son cousin.

— Il a raison de poser cette question, je me la suis posée aussi, répondit Céleste.

— 12 500 euros.

Le chiffre plomba l'aréopage.

— Tu es sûre, c'est beaucoup.

— Oui, le notaire m'a remis la facture, annonça Galiana. Ça comprend la location de la maison de Vevey, notre séjour là-bas et toute la scénographie ; la mort assistée et la crémation représentent à elles seules 8 500 euros.

Chacun se regardait, une calculette dans la tête...

– Alors, effectivement, comme tu le disais Célim, on peut dire qu'ils nous ont fait un cadeau... de taille !

Cette affirmation sécha les conversations financières. La soirée et tout le séjour s'en ressentiraient, car comme l'adage le suggère, il vaut mieux éviter de parler d'argent ou de politique entre gens de bonne compagnie.

– Moi, j'ai une collègue qui m'a dit qu'elle trouvait lâche le geste de mes parents... Gaby avait prononcé ces mots, tête baissée, presque honteuse. Elle poursuivit, toujours très bas : et je ne suis pas loin de penser comme elle.

– Mais ça ne va pas de penser des choses pareilles, s'insurgea Galiana contre sa sœur. Moi, je regrette de ne pas avoir connu leur projet car j'aurais pu essayer de les dissuader. Mais, Papa et Maman ont tout fait pour qu'on ne les empêche de rien ; et je sais maintenant qu'ils ont réussi parce QU'ILS VOULAIENT nous faire ce cadeau !

– Tu as parfaitement raison, Galiana, reprit John. De toute façon, qui sommes-nous pour juger l'acte d'Adélaïde et Gunther ?

« Les hommes ne sont pas mes semblables, ils sont ceux qui me regardent et me jugent. Mes semblables, ce sont ceux qui m'aiment et ne me regardent pas, qui m'aiment contre tout, qui m'aiment contre la déchéance, contre la bassesse, contre la trahison, moi, et non ce que j'ai fait ou ferai, qui m'aimeraient tant que je m'aimerais moi-même - jusqu'au suicide compris... »[14]

---

14 La condition humaine (1933), André Malraux

Nous avons tous nos petits états d'âmes, notre sensibilité et en notre for intérieur, nous sommes tous persuadés d'avoir une responsabilité, même infime, notre morale nous abreuve de culpabilité. Mais il n'en est rien ! Ce sont nos amis, vos parents, qui ont choisi, tout seuls, en leur âme et conscience, car tous les deux ensemble, ils étaient bien plus forts que nous tous réunis !

– Et tu avais parfaitement raison, Célimène, tout à l'heure ; de cette façon, Adélaïde et Gunther sont effectivement devenus « Immortels » !

*

Le plus beau présent de la vie est la liberté qu'elle vous laisse d'en sortir à votre heure.

(André Breton)

Ce livre n'existerait pas sans :

Mes enfants, qui me soutiennent toujours,

Mon époux, toujours premier lecteur,

L'Atelier d'Ecriture, le soutien de ses membres, leur bonne humeur indéfectible et leur lecture attentive,

Et bien sûr et surtout Christophe Carreras,

Chef d'Orchestre de cet atelier et auteur entre autres, du thriller « Dix ans déjà », et de plusieurs nouvelles (Contes de Sarrerac, Nuages de Princesses).

Je te remercie, Christophe, pour tout le temps passé à relire mes écrits. Merci d'avoir toujours une nouvelle idée, une autre piste à me proposer, toujours dans le respect de mes idées, pour m'aider à les enrichir et me permettre d'avancer.

Mille Mercis.

roselacroix27@outlook.com